講談社文庫

三人姉妹殺人事件

三姉妹探偵団24

赤川次郎

講談社

三人姉妹殺人事件——目次

三人姉妹殺人事件

三姉妹探偵団24

プロローグ

そろそろ夜は冷え込むようになって来た。

特に明け方は、じっと身を縮めて、立て膝《ひざ》して両手で抱え込んで、できる限りちぢこまっていようとしても、体の芯まで通り抜けそうな寒さは避けようがない。

「いくら名前が『涼《すず》』しくたってね……」

と、安西涼《あんざいすず》は呟《つぶや》いた。

安西涼。「涼」は「すず」と読む、十六歳の少女である。

今夜は地下街に隠れていたのを、見付かって追い出されてしまった。おかげでオフィスビルの中にも入れず、仕方なく通用口の明りの下、ドアの前の石段に腰をおろしていたのだ。

「長いな、朝まで……」

壁にもたれてでも眠れるようだと助かるのだけど……。

こんな状態では、とても眠れない。しかも——。

「雨か……」

パラパラと細かい雨が当って、涼は立ち上った。どこか雨をよけられる所へ逃げ込まないと。

目の前は駐車場で、軒下もない。

どうしよう……。

困っていると、車のライトが、駐車場の中へと射して来た。——車が入って来る。

涼はあわててビルの隅の方の暗がりへと駆け込んだ。

今ごろ誰が来たんだろう？

車が駐車場に停ると、ライトが消え、エンジンの音が止《や》んだ。

車から降りて来たのは、背広にネクタイの若い男。——何か仕事でもあるのか。

涼が見ていることには全く気付かず、男は夜間通用口の前に立つと、カードを取り出してロックを外した。カードを持っているということは、やはりこのビルに勤めているのだろう。

ドアを開け、ビルの中へと入って行く。

その瞬間、とっさに思い付いて涼は閉ろうとするドアへと走り出していた。

雨が一段と強く降り始めていた。

ドアが自動的に閉る寸前、涼は手を伸して、ドアを止めるのに成功した。

「やった！」

と、思わず呟く。

ドアを開けて中へ滑り込んだ。

ああ……。これで、たぶん朝までビルの中にいられる。

先に入った若い男は、もう一つあるドアを通って行ったようだ。涼もそのドアを開けてみた。

広いロビーが目の前にあった。薄暗いが、常夜灯は点《つ》いているので、見えないわけではない。

ロビーの奥には、いくつかソファが並んでいる。あそこで寝られる！

朝、誰かがやって来るまでは大丈夫だろう。

エレベーターの音がして、涼はあの男がどうやらエレベーターで上のフロアへ行ったらしいと思った。

数字の明りが動いて行って〈5〉で停った。

五階か。——大方《おおかた》、忘れ物をしたか、それとも夜中に片付けなければならない仕事があるかだ。

涼はソファの所へ行くと、ゆっくりと横になった。

「これで眠れる……」

少し濡《ぬ》れていたが、自然に乾くだろう。

ホッとすると、たちまち眠気がさして来たが……。

突然、ガーッと何かが壊れるような音がロビーに響いて、涼はパッと起き上った。

「——何、今の？」

どこから聞こえて来たのだろう？

キョロキョロしていると、今度は、ガラスの砕ける音がした。

気味の悪くなった涼はソファから下りて、ロビーをそっと歩いて行った。

その間にも、また何かが壊れる音が響いて来る。

「階段だ」

——エレベーターの裏側に階段があり、そこから音が聞こえていたのだ。

上の方の階から響いて来ている。では、さっきの男が何かしているのだろうか？

怖くもあったが、あまりに奇妙なことで、涼はそっと階段を上って行った。好奇心だけは人一倍強い。

三階……四階……。

やはり五階だ。――明りが点いていて、物の壊れる音、ガラスの割れる音が、生々しく響いている。

一体何ごとだろう？

階段の所からこわごわ覗《のぞ》くと、オフィスの入口のガラス扉が割れている。中も明りが点いているが、人の姿は目に入らない。

そこへ、また何かの砕ける音。今度はオフィスの奥の方から聞こえて来る。

どうも、あの車でやって来た若い男が、このオフィスを叩《たた》き壊して回っているということらしい。むろん、そんなことをする理由など、涼には想像もつかないが……。

こんな所にいて、もし見付かったら大変だ。といって、別に一一〇番してやるほどの義理もない。

ロビーへ戻って、ソファで寝よう。

涼がそう思ったときだった。中でどうつながっているのか、階段近くのドアがパッと開いて、あの背広姿の若い男が現われたのである。

思わず立ち尽くす涼との距離は、ほんの数メートルしかなかった。

若い男は息を弾ませていた。手にしているのは、ゴルフのクラブ。あれで、あちこち叩き壊していたのか。

見付かったら、あれで殴り殺されるかもしれない。涼は逃げようとしたが——。

そのとき、男が振り向いて、涼と目が合った。

逃げなきゃ、とは思ったが……。

「やあ」

と、男が言った。「何してるんだ?」

至って穏やかな、当り前の口調が却《かえ》って怖い。

「あ……。ごめんなさい」

と、ともかくまず謝って、「私……寝る所がなくて、下のロビーのソファで寝てたんですけど……。音がするんで、何だろうと思って……。あの……どうでもいいんですけど、私には。じゃ、失礼します」

と、階段を下りようとすると、

「君!　ちょっと待てよ」

と、呼び止められた。

「あの……何か？」

「ロビーで寝てたって？　家へ帰らないのかい？」

「あ……。いえ、色々《いろいろ》事情があって」

「君、いくつ？」

「年齢ですか。十……八ですけど」

二つ、サバを読んだ。

「十八でホームレス？　ちゃんと食べてるの？」

どうやら、この男、本気で涼のことを心配しているらしい。

「ちゃんと、ってわけじゃないけど……。たまには家へ帰って、冷蔵庫のもの、食べたり……」

「今は？　お腹空《なかす》いてないの？」

涼はちょっとためらったが、

「――空いてます」

と、正直に言った。「朝、おにぎり一個食べたきりだから」

「それきり食べてないの？　体に悪いよ」

「分ってるけど……。お金、持ってないし」

男は、何とも言えない目で涼を眺めていたが、手にしたゴルフのクラブに目をやり、

「これ、やってみる?」

と訊《き》いた。

「え?」

「これで、オフィスの中を叩き壊して回るんだ。胸がスッとするぜ」

「そんな……。どうして、そんなことしてたんですか?」

「それは——色々事情があってね」

と言って、男は笑った。「僕は今、二十二歳だ。君と四つしか違わない」

「そうですか」

六つか。大分《だいぶ》違うわ、と涼は思った。

「この会社に勤めたんだけどね。——面白くない。面白くないんだ」

その口調には、激しい嫌悪感がにじんでいて、涼もびっくりするほどだった。

「そんなにいやな会社なんですか」

と、涼は言った。「じゃ、叩き壊してやるのも悪くないですね」

「そうだとも!」

と、微笑《ほほえ》んで、「やる？」

と、ゴルフクラブを差し出す。

涼は、ちょっと考えて、

「やる！」

と、クラブを受け取ったが、「わ、重い」

「持てるか？」

「あの……すみませんけど、先に何か食べさせてもらえます？」

この空腹状態で、こんな重い物、振り回せない！

「いや、ごめん、ごめん。君がお腹ペコペコなのを忘れてたよ」

と、男は笑って、「よし！　焼肉でも食いに行くか！」

「焼肉……」

そう聞いただけで、涼のお腹がグルグルと鳴り出した。

「さあ、行こう」

と、肩を抱いて、「君の名前は？」

「涼……。〈涼しい〉って字で。安西涼です」

「涼か。いい名だね。——僕は君塚秀哉《きみづかひでや》」

エレベーターで一階へと下りて行く間、君塚秀哉は涼の肩を抱いていた。

涼は、人の体のぬくもりを、久しぶりに感じていた。

——この人、いい人だわ、と涼は思った。

でも、ゴルフクラブでオフィスを叩き壊すって、普通の人のすることじゃない。

そうだわ。——きっと、よっぽど会社でひどいことされたんだ。それなら、会社に仕返ししたっていいよね。

エレベーターを出ると、二人は夜間通用口の方へと向ったが——。

途中、二人の足取りが遅くなり、ピタリと止ったのも同時だった。

秀哉は、涼を抱きしめるとキスした。

十六歳の涼にとっては、生れて初めてのキスだった。

涼は体を貫く、電流のようなショックに身震いしながら、

「この人と出会ったのは、私の運命なんだ！」

と思っていた……。

1　不都合な日

「ちょっと、その子！」

よく通る張りのある女性の声が、ロビーに響き渡った。

しかし、佐々本珠美《ささもとたまみ》は別に足を止めなかった。「その子」が自分のことだとは思ってもみなかったからだ。

「待ちなさい！」

と、女性の声は続いて、「誰か、その女の子を止めて！」

バタバタッと足音がして、いきなり腕をつかまれた珠美はびっくりした。

「何ですか？」

「止れと言ってるじゃないか」

腕をつかんだのは、ごく普通のサラリーマン風の中年男。

「私に言ったの？」

「そうに決ってるだろ。他に誰がいる？」

「そんなこと知りませんよ。いちいち周り見回して歩いてないもん」

「――どうも」

と、大股《おおまた》にやって来たのは、あの声の主で、

「あなた、逃げようとしたでしょ」

と、珠美に向って言った。

「あの……何のことですか？」

――空港のロビー。

行き来する人間は少なくない。

「とぼけないで！　さ、私の化粧ポーチを出しなさい！」

何だか、えらく派手で目立つおばさんだな、と珠美は思った。

真赤なスーツ、指に光るダイヤにも増して、その態度こそ一番目立っていた。

「そんな物知りませんけど」

と、珠美は言い返した。「疑うんなら、どうぞ調べて下さい」

「開き直るの？　図々《ずうずう》しい！」

と、女は険しい目つきで、「さっき化粧室にいたのは、私とあなただけよ。他に盗める人はいないんだから」

「持ってませんよ、そんな物」

こういうときは結構冷静になってしまう珠美である。「何なら裸にでもなりましょうか？」

「もう仲間に渡したんでしょう。ごまかされないわよ」

待てよ、と珠美は思った。この人、どこかで見たことある。

「あなた、いくつ？」

「私？　十五歳ですけど」

「今、素直に白状して謝れば、警察に届けないで済ませてあげるわ。あくまで知らないって言い張るのなら……」

「ああ！」

と、珠美は思い出して、「評論家の君塚ゆかりだ！　でも、頭良くても目は悪いんじゃない？」

「何ですって？　人を馬鹿《ばか》にして！」

と、顔を紅潮させて、「親を呼んでもらうわ。交番へ行きましょう！」

「残念ですけど、父はついさっき飛行機で発《た》ちました」

「母親は？」

「いません。亡くなりまして。すみませんね」

小馬鹿にした口調になるので、ますます相手はいきり立ち、

「あなたのような子は、どこかで厳しくきたえてやらないとね。母親がいないと、こんなにひねくれるものなのね」

このひと言には、珠美もカチンと来た。

「ちょっと。もう一回言って下さい」

「何、その態度は！」

周囲には人が集まりつつあった。

「君塚ゆかりだ……」

という声も聞こえる。

TVなどで顔の売れている身としては、ここで子供相手に喧嘩《けんか》していては、まるで「いじめている」ように取られかねない、と心配したのだろう。

「通る人の迷惑だわ。空港の警備の人に来てもらって、どこかの部屋で話しましょ

う」

　と、君塚ゆかりは言った。

「いいえ、ここで決着つけましょうよ！」

　と、珠美は足を踏んばって言い返した。「誰が見てたっていいじゃありませんか」

「私はね、あなたのためを思って言ってるのよ。このことが学校に知れたりしたら困るでしょ」

「ちっとも。何もしてないのに、知られて困ることなんかない」

二人の「女」はにらみ合って、火花を散らす雰囲気だった。

　そこへ、

「失礼ですが……」

　と、穏やかに声をかけて来た若い女性。

　手にした、ブランド物の化粧ポーチを差し出して、

「これ、化粧室にお忘れになりませんでしたか」

　長い沈黙があった。

　そして、君塚ゆかりは愛想よく微笑むと、

「まあ、ありがとう。どこにあった？」

「液体石ケンの器のかげに落ちていました」

「そうだったの！　助かったわ。とても高価な指環が入れてあったの」

「中をお確かめ下さい」

せいぜい二十歳前後かと思えるその女性は言った。

「――確かに。私のだわ」

珠美はその様子を眺めていたが、

「ちょっと。何とか言えば？」

と、腰に手を当てて言った。

「もう行っていいわよ」

澄まして言う君塚ゆかりに、頭に来た珠美は怒鳴《どな》り出しそうになったが、ポーチを届けた女性が、素早《すばや》く珠美の肩を抱いて、

「行きましょ」

と促した。

そして、君塚ゆかりの方へ向くと、

「念のために。――私は父も母もおりません」

と言った。

——騒ぎから離れると、

「あんな人と本気で喧嘩してもむだよ」

と、その女性は言った。

「どうもありがとう」

と、珠美は言った。「でも、頭に来る！」

「本当ね」

と笑って、「じゃ、私はここで」

「どうも」

何となく二人は握手をした。

「あなたって、私の姉みたい」

と、珠美が言った。「姉が二人いるんですけど、二番目の姉がしっかり者で」

「まあ、三人姉妹？　羨《うらやま》しい。私、一人っ子だから」

「佐々本珠美です。十五歳」

「よろしく。私は向井《むかい》直子《なおこ》。——またどこかで会いそうな気がするわね」

「はい、ぜひ」

ちょっと手を振って、二人は別れて歩き出した……。

「全く！」

と、君塚ゆかりは同じセリフをもう十回も叩きつけていた。「役に立たないわね！

何のためにお給料もらってるのよ！」

「すみません……」

北抜緑《きたぬきみどり》も、同様に十回以上謝っていた。

「秘書っていうのはね、いつも雇い主の身辺に気を配ってるものなの。分った？」

「はい」

「おかげで人前で恥をかいたじゃないの！」

ハイヤーは、都心へと入って行った。

「大体《だいたい》、今日の件は何よ！　あんたが確認しなかったせいでしょ！」

「すみません……」

――もともと間違いは向うにあった。

君塚ゆかりにスピーチを頼む。パーティに出席して、ほんの三分ほどのスピーチで、五十万円も払う方もどうかしていると誰しも思いそうだが……。

秘書の北抜緑は、ちゃんと確認も取って、ゆかりのＯＫを得て、返事をしたのである。しかし、そもそもの依頼状のパーティの案内で、日取りと曜日がずれていたことに気付かなかった。緑は日取りの方だけを見て、予定を入れた。

「パーティの後には、お食事を」

という連絡もあり、飛行機で帰ることはできたが、現地のホテルで一泊することにしていた。

ところが今日行ってみると、

「パーティは昨日でしたよ」

と言われ、「お忙しいのでおいでになれないのかと思っていました」

そこで初めて、依頼状の日取りが間違っていたことが分ったのだ。

腹を立てたゆかりは、ホテルもキャンセルして、飛行機で東京へ戻った。

その空港でまた……。

「全く、今の子っていうのは、年上の人間に対する礼儀ってものを知らない！　あの生意気な態度！」

と、ゆかりは、誰にというわけでもなく、声に出して言った。

それから、

「あんただって、気を付けりゃいいじゃないの。私が化粧室から出て来たときは、ポーチを持ってなかったんだから。『どうしましたか？』って訊くのがあんたの仕事でしょう！」

と、また緑の方へ向く。

「すみません」

いくら有能な秘書だって、トイレの中にまでついて入るわけではない。当然話が耳に入っている運転手が、「無茶《むちゃ》を言う人だな」と思ったのか、チラッとルームミラーへ目をやって、君塚ゆかりを見た。

「あの……先生」

と、緑が消え入りそうな声を出す。

「何よ」

「お宅へ……ご連絡しなくてもよろしいですか」

「家へ？　これから帰るんじゃないの」

「いえ……。今夜はあちらで一泊されることになっていましたので……」

「ああ。――そうね」

ゆかりは初めて気付いた様子で、「まあ、別に構わないでしょうけど……。一応、連絡しとくか」

ゆかりはバッグから自分のケータイを取り出して、自宅へかけようとした。

「あら……。何よ、電池切れてる」

肩をすくめて、バッグへ戻す。

「じゃ、私のケータイで——」

「いいわよ。帰るはずが帰らないんじゃ心配するでしょうけど。まだ十時半でしょ。そんなに夜中ってわけじゃなし」

「はい……」

ゆかりはちょっと笑って、

「本当ね。いつもより却って早いくらいじゃない？　家へ帰るの」

教育評論家として知られる君塚ゆかりは、おそらく半年後にはもう一つの肩書を持つことになると誰からも見られていた。

〈参議院議員〉君塚ゆかり。

「女は家庭を守るために生れて来た」

と、公言するゆかりは、保守層の強い支持を受けている。

夫、君塚牧郎《まきろう》は〈K製薬〉の取締役。息子の秀哉は、今年の春一流大学を出て、〈K製薬〉の関連会社に入社した。下には娘の久美《くみ》がいる。まだ十七歳の高校二年生。

ゆかりは、最近、

「夫が仕事をし、妻がそれを支え、二人の子供。私どもはこれこそが『標準家庭』であると思っております」

と、発言して、未婚の母や離婚家庭などから批判を浴びたが、一向に気にもとめなかった……。

国会議員になるために、そんな「社会の寄生虫」(と、いつもゆかりは呼んでいた)の票など必要ない。

ゆかりは今の首相とも仲が良く、大臣にも知人が少なくない。議員が最終目標ではないのだ。

――ハイヤーは君塚邸の門の前に着いた。

「荷物を持って来て」

運転手がドアを開けると、ゆかりは緑にそう言って、先に降りた。

門には監視カメラとマイクが取り付けてある。

「私よ。開けて」

と、声をかけたが、門は開かない。

「いやね。またあの子、サボってるんだわ」

お手伝いがなかなか居つかないので、それはゆかりの頭痛の種だった。

仕方なく、自分の持っているリモコンを取り出して門を開ける。

「運んで来てね」

と、緑に言うと、ゆかりはさっさと玄関へ向った。

緑は両手一杯《いっぱい》に荷物をさげて、よろけながらついて行く。

「――誰も出ないなんて！　どうなってるの！」

玄関のチャイムにも応答がなく、ゆかりはすっかり不機嫌になっていた。もちろん、鍵は持っているが……。

仕方なく自分で鍵を開け、ドアを開けると、中へ入った。

「ただいま！」

講演できたえたよく通る声だ。家の中の誰かに聞こえないはずはない。

しかし、誰も返事一つしないのだ。

「先生。――先生」

振り向くと、ドアが閉っていて、表で緑が呼んでいる。「開けて下さい」

「手間のかかる人ね！」

と、苛々《いらいら》しながらゆかりはドアを開けた。

「すみません！　――どなたもいらっしゃらないんですか？」

「そんなわけないわ」

「じゃ、皆さんでお食事にでも……」

「きっとそうね」

ゆかりは上って、「――ともかく荷物を運んで」

「はい」

ゆかりがスタスタと階段を上って行くと、緑は息を切らしつつ、荷物をさげてついて行く。

「そこの寝室に」

と、ゆかりが言ったとき、

「ハクション！」

――誰かがクシャミをした。

ゆかりは、娘の久美の部屋からだと分ると、

「久美？　いるの」

と、ドアを開けた。

「――え？　お母さん？」

真暗な中で声がした。

「もう寝てるの？」

ゆかりが明りをつけると――。

確かに、久美は寝ていた。

ベッドから、ヒョイと起き上ったのは、髪がボサボサの男の子だった。

ゆかりは、ベッドに上半身裸で寝ている娘と男の子を見て、ただ呆然《ぼうぜん》とした。

「お母さん」

久美は毛布を引張り上げて、「今夜、帰って来ないんじゃなかったの？」

ゆかりは、しばらく声が出なかった。

「久美……。これは……どういうこと？」

「この子、私の彼氏」

と、久美はニッコリ笑って、「結構ハンサムでしょ？」

2 追加注文

男の子の方はやはりきまり悪そうで、

「俺……帰るわ」

「そう？　じゃ、また日曜日にね」

と、久美も引き止めるでもない。「お母さん、ちょっと出ててよ」

「え？」

「ベッドから出て行けないって」

と、久美は笑いをかみ殺している。

「ああ……。分ったわ、ごめんなさい」

自分が謝ったりしているのだから、いかにゆかりが混乱しているか分るというものである。

「まあ、久美さん……」

荷物を置いた緑がやって来て、目を丸くしている。

「あ、緑さん。——ね、この人、お母さんの秘書なの。おとなしそうでしょ？　あんたの好みね」

「どうも……」

と、男の子はペコンと頭を下げたが、緑の前ではますますベッドから出られず、タオルケットを腰に巻いてズルズルと這《は》い出そうとした。

しかし、途中で体がズルッとベッドから滑り落ち、そのまま床に転り落ちてしまった。タオルケットも外れてしまう……。

「失礼しました！」

緑はあわてて久美の部屋から飛び出した。そして廊下に立っていたゆかりに追突。

「キャッ！」

「何するのよ！」

二人して、もつれ合うように転んでしまったのだ。

「す、すみません！」

「ちゃんと前を見なさい！」

と、文句は言ったものの、さすがに今は緑に怒っている余裕もなく、「一体《いったい》、どうなってるの？」

「はあ……。久美さんが彼氏と、その──」

「言われなくたって分ってるわよ、それくらい！」

「すみません」

どうなってるのかと訊かれたから、緑としては答えただけだが……。

ドアが開いて、ジーンズに革のジャケットを着た男の子が髪をなでつけながら出て来た。

「どうも」

と、ちょっと照れくさそうに、「今井《いまい》です」

「何でもいいわ！　早く帰って！」

「はい」

今井と名のった男の子は、別に悪びれる風もなく、部屋の中へ、「じゃ、バイバイ」と、声をかけて、さっさと階段を下りて行った。

「ああ！　──気が遠くなるかと思った！」

と、ゆかりは胸に手を当てて深呼吸すると、

「久美！　どういうことなの、これは！」

と、部屋へ入って行った。

「ちょっと！　黙って入って来ないでよ」

久美はベッドから裸で出て来たところで、

「シャワー浴びるから、私」

「久美……」

「ね、お腹空いちゃった、私。何か食べに出ようよ。ね？」

久美の言葉の終りの方は、寝室の奥のシャワールームからで、すぐにドアが閉り、シャワーの音が聞こえて来た。

ゆかりは、肩すかしを食わされて呆然と突っ立っていた……。


「私、普通のラーメン、食べたかったのに……」

と、久美が不服そうに言った。

「少しは考えなさい」

と、ゆかりは娘をにらんで、「私がファミレスなんかに入るわけにいかないのよ」

「分ってるわよ」

久美は、ちょっと肩をすくめて、「ま、いいけど。払うのはお母さんだもんね」

ゆかりと久美はホテルの中のレストランに来ていた。

「やっぱ、運動するとお腹空くね」

と、久美はスープをアッという間に飲み干して、「ステーキの後で、デザートね」

「好きなもの食べなさい」

と、ゆかりは不機嫌な声を出して、「でも、男は選んでよ、ちゃんと」

「でも、あの今井君って、どこだかの社長の息子なのよ」

「『どこだかの』なんて、それも知らないの？」

「寝る前に家族調査するの？」

「久美……。お母さんの立場も考えて。今はね、とても大事な時期なの。お母さんがどういう家庭を理想にしてるか、あんただって知ってるでしょ」

「理想は理想よ」

と、久美はアッサリ言って、「あ、ステーキ、来た！」

猛然と食べ始める娘を見て、ゆかりはため息をついた。

ゆかり自身も、パスタを取って食べていたが……。

「――お母さん、あの人、いいの？」

と、食べる手を止めて、「お腹、空いてんじゃない？」

「緑さん？　秘書なのよ、あの子は。こんな所で一緒に食べる身分じゃないの」

北抜緑は、一緒について来たものの、

「私はこちらでお待ちしています」

と、ロビーで足を止めたのである。

「可哀《かわい》そうじゃない。呼んであげなよ」

「でも……。まあ、たまにはいいわね」

ゆかりはウエイターを呼んで、緑を呼びに行かせた。

緑はおずおずとやって来て、テーブルに加わると、

「何でも好きなもの注文しなさい」

と、ゆかりに言われ、

「はあ……。では、カレーライス」

久美が笑い出して、

「お母さんって、よっぽどケチだと思われてんだね」

「とんでもない！」

と、緑は急いで言った。「私、カレーが大好きなんです、本当に」

「まあ、いいわよ、どうでも。それより、久美、あんなことして、もし——」

「用心してるって。大丈夫。心配しないで」

「心配するわよ！」

「あの……先生」

と、緑は言った。

「なに？　他のもの食べたきゃ、頼んでいいわよ。——あんまり高くないのをね」

「そうじゃないんです。あの——久美さんはともかく、ご主人様と秀哉様は、どちらにおいでなのでしょう？」

そう言われて、初めてゆかりは夫と息子のことを思い出した。それほど「久美ショック」が大きかったのだろう。

「そうだわ……。久美、知ってる？」

「ええ？　私……」

久美はステーキを頰ばりながら、「知らないわ……。子供じゃあるまいし」

「でも、いつもこんなに遅いわけないし」

「ああ、そりゃあ、お母さんが帰って来ないと思ってるから、どこかで遊んでんじゃないの?」

と、久美は言った。

「あの人が?」

と、ゆかりはちょっと笑って、「遊びなんて、できやしないわよ、あの人は。——秀哉は大方会社の同僚とでも飲みに行ってんでしょ」

ゆかりは、久美が食べる手を止めて、面食らったような表情で自分を見ているのに気付くと、

「何よ、その顔は」

「だって……。本気でそう思ってんの?」

「そう思ってる、って何のこと?」

「お父さんが遊んだりしないって。——じゃ、知らないの?」

信じられない、という様子。

「何を言ってるの? お母さんの知らないことでもあると——」

「『彼女』のことよ、お父さんの」

ゆかりはしばし言葉が出なかった。

「——彼女? それって、つまり……」

「お父さんの恋人。当然知ってると思ってた!」

ゆかりは憮然《ぶぜん》として、

「馬鹿なこと言わないで!」

と言い返したが、「──あんた、知らないわよね」

と、緑に同意を求めたのは、相当に焦《あせ》っていたのだろう。

「あ……あの……」

と、緑は目を伏せて、「噂だけは……ちらほらと……」

「何ですって?」

ゆかりは、「これって夢なのよね。そうに決ってる……」

と、ひとり言を言い出した。

やっと我に返ったときは、もう緑がカレーライスを食べ終えていたのである。

「久美。──お父さんの『彼女』について、何か知ってるの?」

「そんなによくは知らないけど……」

久美は、むろんステーキを食べ終えて、デザートを平らげようとしていた。「お父さんの秘書だったとか、聞いたよ。ヴェニスに一緒に連れてったのがハネムーンだったって」

「何よ、『ハネムーン』って！」

「私に怒ったって……」

「秘書……。どんな女だっけ？　何人かいたわよね。憶《おぼ》えてないわ、いちいち」

ゆかりは、やっと怒りに燃え始めて、「あの人ったら……。私が留守がちなのをいいことに……」

「まあ、こんだけ年中出歩いてりゃね」

「何言ってるの！　――ちょっと」

と、緑の方へ、「その女のことを調べて！　どこに住んでるのかも」

すると久美が、

「それなら南麻布《みなみあざぶ》のマンションだよ」

と言った。「以前、お母さんが使ってたでしょ」

「何ですって？　そんなことまで知ってるの？」

「そんなことも知らなかったの？」

と、久美が面白がって言い返した。「私、お母さんもずいぶんものわかりが良くなったなあって感心してたんだけど」

「そんなこと……。ものわかりなんか、良くなくていいわよ！」

ゆかりは、久美とボーイフレンドのベッドシーンに続く、「第二のショック」で、しばし喘《あえ》いでいたが、

「――あら、いつの間に食べちゃったのかしら、私？」

と、空になったパスタの皿を見下ろした。

「あの……先生」

と、緑が言った。「その元秘書って、武田沙紀《たけださき》さんだと思います、たぶん」

「武田……沙紀？」

ゆかりは眉《まゆ》を寄せて必死に考えていたが、

「――思い出せない！　でも、ともかく南麻布のマンションにいるのね」

「はあ、たぶん」

「じゃ、これから行ってみましょ」

「先生、あの……」

「まだ何かあるの？」

「いえ……。私もデザート、いただいてよろしいでしょうか」

ゆかりは面食らって、

「いいわよ……。じゃ、私も」

秘書がデザート食べてるのに、私が食べないなんて、変よね。——理屈はともかく、結局三人揃《そろ》って、デザートとコーヒーということになったのである。

3 袋小路

「何も、あんたが来なくてもいいのよ」

と、ゆかりは久美に言った。

「だって、これは家族の重大な問題じゃない。私も家族の一人だし」

久美は半ば冗談の口調で言い返した。

ゆかりと久美は、北抜緑の運転する車で、夫、君塚牧郎が愛人というという南麻布のマンションへ向っていた。

君塚家には車が四台ある。今、緑が運転しているのは、一番小型で、買物などに使っている車だった。

もう真夜中を過ぎている。

「——電話しといたら？」

と、久美が言った。

「誰に？」

「お父さんに。これから行くよ、って」

「どうしてわざわざ知らせなきゃいけないのよ」

「だって、お父さん、彼女とお楽しみの最中かもしれないよ。邪魔しちゃあ可哀そうでしょ」

「ちっとも！」

ゆかりも、多少時間がたって、夫への怒りはやや鎮まっていた。

確かに、妻が年中各地を飛び回っていて、夫も寂しかったかもしれない。あまり夫を責めるのはやめよう、とゆかりは思っていた……。

しかし——緑の話では、武田沙紀という夫の元秘書は、まだ二十七、八だという。

ゆかりとしては、その「若さ」が赦《ゆる》せなかった。加えて、たぶん美人なのだろうし……。

「いい年齢《とし》して、全く！」

と、ついグチが出る。

それを聞いた久美が、

「いい年齢《とし》してるから浮気するんでしょ」

娘にそう言われると、何とも言い返せないゆかりだった……。

「こちらですね」

と、緑が車をマンションの前に寄せて停める。

「ああ……。こんな所だったわね」

と、車から降りてマンションを見上げ、ゆかりは言った。

南麻布の、表通りからは少し入った静かな住宅街。確かに、愛人を置いておくには人目につきにくく、適当な場所かもしれない。

住宅地なので、マンションとしてはそう大きくない。地味だがしっかりした造りである。

「お母さん、鍵、持って来たの？」

「もちろんよ！」

「でも……いきなり踏み込むのって、フェアじゃないよ。一応、インターホンでさ……」

「構わないわよ！」

ゆかりは、さっさとロビーへ入り、オートロックの扉を鍵で開けた。

「私もご一緒しますか」

と、緑が訊いた。

ゆかりはちょっとためらっていると、久美が緑の手を取って、

「一緒に来てよ！　お母さんがお父さんに暴力振わないように」

「ちょっと！　私がいつ暴力を――」

「万が一、ってことよ」

結局、三人でエレベーターに乗り、七階へ。

「〈７０２〉でしたね」

と、緑は言った。

七階の廊下は静かだった。――大体、こういう都心の高級マンションは、同じフロアでも、どんな人が住んでいるのか、お互いによく知らないものだ。

「お母さん、せめてチャイムぐらい……」

「分ったわよ」

ゆかりも、夫と愛人の裸など見たくなかった。玄関のチャイムを鳴らしてみたが……。

「返事ないわね。――開けましょ」

ゆかりが鍵をあけ、ドアを引くと、目の前に夫、君塚牧郎が立っていた。

「あなた！　びっくりするじゃないの！　何とか言ってよ」

と、ゆかりは胸を張って、「さ、彼女に会わせてちょうだい！」

「お母さん」

久美がゆかりをつついて、「様子が変だよ、お父さん」

「何ですって？」

言われて初めて気付いた。

君塚牧郎はパンツ一つの格好で立っていたのだが、放心状態――それも半端ではなく、目の前に妻が立っていることにすら、気付いていない様子だったのである。

「あなた。――あなた！」

と、ゆかりが大声で叫ぶと、牧郎はやっと目の焦点が合ったように、

「お前……。帰って来たのか」

と、それでもおよそ力のない声で言った。

「どうしたっていうのよ？　そんなに気が遠くなるくらい、彼女とお楽しみだったの？」

「お母さん」

と、久美が母をつついて、「廊下に聞こえるよ。上ったら？」

「あ……。そうね」

「ゆかり……」

と、牧郎は呟くように言うと、「よく来てくれた！」

と、いきなり妻を抱きしめた。

「ちょっと、あなた――。何なのよ！」

ゆかりはあわてて夫を押し戻して、「冗談じゃないわよ！　私を馬鹿にしたら、許さないから！」

だが――ゆかりも面食らって、それ以上は言えなくなってしまった。

牧郎が、その場に座り込んで、泣き出してしまったのだ。ゆかりは、夫が泣くところなど、初めて見たような気がした。

少なくとも、記憶にない。

「先生」

と、緑が言った。「何かあったのでは。寝室を見ましょう」

「そ、そうね……」

そう広いわけではないので、奥のベッドルームのドアを開けて、三人は同時に足を止めた。

「これって……幻？」

と、ゆかりが言った。

「サスペンスドラマのロケじゃない？」

と、久美が言った。

一人、冷静なのは緑だけで、

「残念ですけど……あの、ベッドで殺されているのは、間違いなく武田沙紀さんです」

と言った。

薄いネグリジェ姿の女が、キングサイズのベッドの上で仰向《あおむ》けになって、その胸には深々とナイフが突き刺さっていた。

血が赤く広がっていたが、そう出血は多くないようだった。しかし、ともかく彼女がすでに命がないことは一見して明らかだったのだ……。

「本当に……死んでるの？」

と、久美が言った。

「そうですね。――久美さん、見ない方が。先生、大丈夫ですか？」

緑はベッドに近寄って、端から垂れた女の手首を取った。

「――亡くなっています」

と、緑は念のために言った。「とんでもないことですね」

「凄《すご》い……」

と、久美が言って、カシャッと音がした。

「久美さん！」

緑は、久美がケータイで、死体の写真を撮《と》ったのを見て、啞然《あぜん》とした。

「緑さん、あの人を連れて来て」

ゆかりは、深呼吸して胸を張ると言った。「どういうことか、説明させるわ」

「おいでです」

「え？」

ゆかりが振り向くと、夫、君塚牧郎がすぐ後ろに立っていたのだ。

「あなた――」

「どうしたらいいんだ？」

と、牧郎は途方にくれた様子で、「ゆかり、助けてくれ」

「あなた！　しっかりして！」

と、ゆかりは夫の肩をつかんで揺さぶった。「どうしてこんなことをしたの？　人殺しなんて……まさかあなたが……」

牧郎は目を見開いて、

「違う！　俺じゃない！」

と叫んだ。「シャワーを浴びて出て来たら――こうなってたんだ！」

「何ですって？」

ゆかりは夫から離れると、「じゃ……あなたが殺したんじゃないの？」

「当り前だよ。俺にそんなことができるかどうか、お前だって知ってるだろ」

そう言われても……。

ゆかりは、恐る恐るベッドへ近付いた。

「――そうね」

と、小さく肯《うなず》いて、「こんなに力をこめてナイフを刺すなんて、あなたにはできないわね」

「先生、ともかく一一〇番しなくては」

と、緑が言った。「私が連絡します」

緑がベッドルームから出て行こうとすると、

「待って！」

と、ゆかりが叫んだ。

その叫び声は甲高《かんだか》く、鋭く、そして並でない決意を感じさせた。

足を止めて振り返った緑は、

「先生。お気持は分りますが、人一人殺されたんです。隠してはおけません」

と、穏やかに言った。

「あなたは私の言うことを聞いてればいいの！」

「お言葉ですが――」

「誰も通報するなとは言ってないわ。でも……。でもね……」

「結局そうなんでしょ？」

と、久美が言った。「でも、私もいやだな。お父さんが捕まって、TVに顔と名前とか出て……。学校、やめなきゃいけないし、冬休みのヨーロッパ旅行も中止……」

緑はため息をついて、

「それどころじゃないんですよ！　これをもし隠したりしたら、それこそ犯罪です」

「俺がやったんじゃないんだ。北抜君！　信じてくれ！」

「そういう問題じゃありません。私に言わずに、警察におっしゃって下さい」

緑はそう言って、寝室を出て行こうとした。

「待ちなさい」

ゆかりは、大分冷静に戻った声で、「緑さん、どうしても一一〇番通報すると言うのね?」

「先生、これは市民としての義務です」

「それなら、ここであなたにも死んでもらうけど、それでも?」

しばし、誰も口をきかなかった。

最初に口を開いたのは、久美だった。

「すげえ!」

と、つい言葉まで乱暴になって、「お母さん、暗黒街の黒幕だったの?」

緑は、やや青ざめた顔で、

「先生。——本気ですか」

「こんなときに冗談言える?」

ゆかりは夫を見て、「ここは主人名義のマンション。殺されたのは主人の元秘書。主人が疑われるのは、まず間違いない。たとえ、本当の犯人が分って、主人が無罪放免になったとしても、スキャンダルは残る」

ゆかりはベッドの死体を冷ややかに眺めると、

「私の家は理想的な家庭なのよ。そのイメージがあればこそ、私は選挙に立つ決心をした。必ず勝てる。そう計算ができたから。負ける勝負は大嫌いなの」

「先生……」

「私にとって、議員はゴールじゃない。まだまだ先まで行く人間なの、私は」

ゆかりは深く息をつくと、「こんな女一人のために、すべてを失うなんて、とんでもない！　緑さん。——協力して。もし協力してくれたら、その恩は忘れない」

緑は目を伏せた。ゆかりは続けて、

「でも、いやだと言うなら……。私たちは三人よ。あなた一人、殺すぐらいどうってことないわ」

本気であることは、誰にも分った。

しかし、緑を殺すのに、牧郎や久美が手を貸すかどうかは怪しかった。

「先生、そこまで心を決めてらっしゃるんですか」

と、緑は少し口調が穏やかになって、「そうおっしゃるのなら……」

「緑さん、分ってくれる？」

「はい」

緑は肯いた。「私もご協力します。どうしたらこの状況から脱け出せるか、考えましょう」

「ありがとう！」

ゆかりは緑に歩み寄って抱きしめると、「あなたがそう言ってくれたら、本当に心強いわ」

「一つ約束して下さい」

「いくつでも」

「お給料を三倍にして下さい」

「いいわよ、もちろん」

「それでは――まず、死体を動かさなくては。この部屋は、今さら他人の物にはできません。だったら、死体が別の所で発見されるのが一番です」

「そうだわ」

「幸い、出血はそれほどひどくありません。この寝室に、血痕《けっこん》があるか、調べましょう。あと、死体を何かでくるまないと。始末できるものがいいですね」

「運ぶの？」

と、久美が言った。「でも、どうやって?」

「あの車では無理ですね。大きい方の車をここへ持って来ましょう。トランクに入れて……。でも、どこで捨てるか、問題ですね」

緑は考え込んだ。

「――ともかく、じっとしてても仕方ないわ」

と、ゆかりは言った。「あなた、この女の持物をまとめて。服やバッグ。他にない?」

「それだけだと思うが……」

「バスルームに、化粧品とか、置いていませんか?」

と、緑は訊いた。「いつも使ってる石ケンとかシャンプー」

「ああ、それは……」

と、牧郎は肯いて、「確かに、いくつか置いてたようだ」

「全部一つにまとめて、大きなゴミ袋に入れましょう」

緑がバスルームへ行って、すぐにいくつも化粧品のびんを抱えて来た。

そのとき、久美がふと、

「ねえ。――お兄ちゃん、どうするの?」

と言った。

「秀哉のこと、忘れてたわ！」

と、ゆかりは額に手を当てて、「大体あの子——どこにいるの？」

4　酔っ払って

「そこ……。そこだ！」

と、もつれた舌で松木《まつき》は言った。

「え？　そこってどこですか？　――チーフ！　しっかりして下さいよ」

「しっかりしない」ことにかけては他人にひけは取らないと自信のある佐々本綾子《あやこ》ではあったが、今一緒にタクシーに乗っている松木浩一郎《こういちろう》よりはよほど頼りになる存在であった。

「一体どこなんです？」

タクシーの運転手がうんざりした口調で訊く。「さっきから、もう四回も『そこだ』って言われてますよ」

「すみません！」

と、綾子はあわてて、「ね、松木チーフ！　どこなんですか！」

「だから……そこ」

「ちゃんと目を開けて見て下さい！」

泥酔している人間に言っても、あまり効果は期待できなかったが……。

突然松木はパチッと目を開き、

「そのマンションだ！」

と指さしたのである。

「え？　これ？　本当に？」

「自分の住んでるマンションを間違えるもんか！」

松木はトロンとした目を必死でこじ開けて、

「うん！　間違いない！　そのマンションが我が家だ！」

タクシーはそのマンションの正面へ寄せた。

「あの……すみません、ちょっと待ってて……下さい」

綾子は、タクシーから松木を引張り出すのに散々《さんざん》苦労して、やっとの思いで、肩を貸してマンションの中へ入った。

「君……悪いね……」

と、松木は綾子にもたれかかって、「タクシー代は……つけといてくれ」

「そんなもの、つけにできませんよ」

綾子は、ロビーを見渡し、「――こんなに立派なマンション？」

と、改《あらた》めて（？）びっくりした。

「チーフ、本当にこのマンションなんですか？　こんな所で見栄《みえ》張らないで下さいね」

「君……、そこまで俺を信じてないのか」

松木はズボンのポケットを探って、キーホルダーを取り出すと、「さあ、これでオートロックを開けられるぞ」

「私が開けるんですか？　――もう！」

「アルバイトの仕事だろ！」

大学生のアルバイトが、どうして酔っ払いの面倒みなきゃいけないの？

綾子は内心不平を言いながら、キーホルダーについた鍵を、オートロックの鍵穴へ差し込もうとした。

「――入りませんよ」

「それは車のキーだ」

「これも、だめです」

「それは会社のロッカーの……」

「でも、これも——開いた！」

ガラガラと扉が開く。綾子はびっくりして、

「まぐれじゃないですよね」

「まぐれでマンションに入れたら大変だろ」

——飲みながら、他の女性社員が、松木のことを、

「いいとこのお坊っちゃんだから」

と話していたのを、綾子は思い出した。

じゃ、あれは冗談じゃなかったんだ。どう見たって、二十七、八のサラリーマンの収入で買えるマンションではない。

「さ、入りましょう」

綾子たちはオートロックの扉が閉まらない内に中へ入ると、エレベーターのボタンを押した。

「チーフ、ここで大丈夫ですね？　私、帰りますから」

「おい、佐々本君……。ここで僕を見捨てるのか？　冷たい奴だな、君は、それでも僕の恋人か」

綾子はカチンと来て、

「私はあなたの恋人じゃありません！」

と、松木をエレベーターの扉へもたせかけると、「失礼します！」

「おい、待ってくれ……。冗談だよ――」

エレベーターの扉が開いて、松木はみごとに引っくり返ってしまった。

「キャッ！」

降りて来たエレベーターに、スーツ姿の女性が乗っていたのである。エレベーターに転り込んだ松木にびっくりして、

「どうしたんですか？」

「すみません！」

綾子はあわてて、「酔っ払っちゃって……。送って来たんです」

と、松木の腕をつかんで引張り、

「チーフ！　起きて下さい！」

「うん……。このまま寝かせてくれ……」

「だめですよ！　もう……。何階ですか？」

「五階……。〈505〉。僕の誕生日はね、五月五日なんだ。ママがそれに合せて〈505〉を買ってくれたんだよ……」

「いいお母さんですね！」

見ていたスーツの女性は、

「お手伝いしましょうか？」

と、笑って言った。

「あ……、でも申し訳ないので……」

「酔っ払いを送って来るのもOLの仕事の一つ。慣れてるわ」

「すみません！　じゃ、〈5〉を押していただけます？」

エレベーターが上り始める。

「あなた、ずいぶんお若いわね」

と、その女性は言った。

「大学生です。短期のアルバイトで」

「まあ、そうなの」

五階でエレベーターが停る。

「――すみません、本当に」

綾子はその女性と二人で松木を支えて、やっと〈505〉のドアまで辿《たど》り着いた。

綾子が鍵を開けると、ドアを開けて松木を玄関の上り口に座らせた。

「――汗かいちゃった」

と、綾子は息をついて、「お手数かけてすみません」

「いいえ。でも、もうすっかりおやすみのご様子よ」

松木は上り口で引っくり返ったまま、グーグーいびきをかき始めたのである。

「呆《あき》れた！」

「放っといても、風邪ひくっていうほど寒くないでしょ」

「ええ、このまま置いて行きます」

綾子は手にしたキーホルダーを見て、「どうしよう、鍵」

「マンションの中ですもの、大丈夫よ」

「そうですね」

キーホルダーを松木のそばへ置くと、二人は廊下へ出た。

「――ありがとうございました」

「いいえ」

二人はエレベーターで一階へ下りた。

「タクシー代、明日もらってやらなきゃ」

と、綾子は言った。

「ご苦労様。——あら、いけない、忘れ物したわ。じゃ、私もう一度上に行くから」

「失礼します」

綾子は待たせておいたタクシーに戻って、我が家へと向った。

ケータイを取り出すと、妹の夕里子《ゆりこ》から電話が二回かかって来ている。

「——もしもし、夕里子？」

「こんな時間まで、どこにいるの？」

と、夕里子が言った。

「あんたね……。お母さんじゃないんだから、そういう言い方しないでよ」

とは言ったものの、妹の方がずっとしっかり者なのはよく分っている。

アルバイト先の〈チーフ〉をマンションに送ったと説明すると、

「お姉ちゃん！」

と、三女の珠美が割り込んで来て、「ちゃんとタクシー代もらってよ！」

「分ってるわよ」

「領収書もらっとくのよ」

お金にはやかましい中学三年生である。

「あーあ……」

綾子は大欠伸《おおあくび》した。松木を降ろしたら、今度はこっちが眠くなって来た。

全く……。酔っ払いって、始末が悪いわね……。

ウトウトしながら、綾子はそんなことを考えていた……。


しつこくドアを叩く音で、松木は目を覚ました。

「うるさいな……」

と、呻《うめ》くように言って――。「あれ？」

何だ？　服を着たままだ。

そういえば……、ゆうべ、大分酔っ払ったっけな。

しかし、そんなのは珍しいことではない。

それにしても……。

玄関を上った床の上で寝ていたのだから、背中や腰の痛いこと。

「ここを開けなさい！」

と、ドア越しに声がする。

誰だ？　松木は頭痛がするのをこらえて、やっと起き上ると、

「どなた？」

と訊いた。

「警察です」

「警察？」

松木はサンダルを突っかけ、玄関のドアを開けた。——何だ、鍵かかってないぞ。

確かに目の前には制服の巡査が立っている。

「ええと……何かご用ですか？」

と、松木は言った。

「このマンションの住人の方から通報がありまして」

と、警官は言った。

「え？　僕、酔って何かしましたか？　すみませんね。ゆうべは酔っていて何も憶えてないんです。——もう朝ですよね？」

「午前八時です」

「いけね！　仕度しないと遅刻しちまう」

「実は、通報というのは、この部屋から女性の悲鳴らしい声が聞こえたと……」

「はあ？」

松木は呆気《あっけ》に取られて、「それは、どこか他の部屋ですよ。僕は一人暮しです」

「しかし、靴が――」

「靴？」

松木は初めて玄関に女ものの靴があるのに気付いた。「――何だ、これ？」

「念のため、お宅の中を拝見しても？」

「はあ……。散らかってますが」

警官は、

「失礼します」

と、一礼して上ると、リビング、ダイニングを覗いて、「――奥は？」

「寝室ですよ。その先のドアが」

大欠伸しながら、松木は寝室のドアを開けると、明りを点けた。

「――あれは？」

警官が、ベッドへ目をやった。「お一人のはずでは？」

ベッドの毛布が盛り上って、女の腕がダラリと下っている。

「そんな……。ゆうべ誰かと？」

松木は首をかしげている。

「起こして下さい」

「はあ……。しかし、誰なのか見当も——」

松木は毛布をそっとめくったが……。

ネグリジェ姿の女が、胸をナイフで刺されて、横たわっていた。

「これは……。動かないで！　いいですね！」

警官は、まだ若いせいもあるのだろう、興奮している様子で、「手を触れるな！」

「いや……、待って下さいよ。こんな女、知りません」

「じゃ、どうしてここで死んでるんだ？」

「それはさっぱり……」

松木はわけが分らず、「ちょっと顔を洗わせて下さい」

と、洗面所の方へ行こうとした。

「待て！　逃げるな！」

警官が松木を後ろからはがいじめにした。

「ちょっと——やめてくれ！」

よろけた松木は、警官もろとも、廊下で引っくり返ってしまった。

廊下に置いてあったゴルフ道具に、警官はもろに頭をぶつけてしまったのだ。

松木はよろよろと立ち上った。――警官は気を失ってしまったようだ。

「女が……殺されてる?」

やっと、松木は自分がとんでもない立場に置かれていることに気付いた。

「冗談じゃない……。僕は知らないぞ!」

松木は、自分でもよく分らない内に玄関へと駆け出して、部屋を出ていた。

「僕は……逃げるんじゃないぞ! 会社があるんだ! 仕事が待ってるんだ!」

松木は、非常階段を一気に駆け下りて行った……。

5　三度目のショック

「これを飲んで！」

と、君塚ゆかりは大きなモーニングカップを、夫の目の前に置いた。

「コーヒーか」

と、君塚牧郎はたっぷり入って重いカップを両手で持ち上げ、一口飲むと、「苦い！」

と、目をむいた。

「うんと濃くいれたのよ。当り前でしょ」

と、ゆかりは言った。「ちゃんと目を覚まして！」

君塚家のダイニングキッチンである。

朝、八時半。——牧郎はいつも八時四十五分に迎えに来る車で出社する。

「おい……」

と、牧郎はくたびれ切った様子で、「今日一日ぐらい休ませてくれ。ゆうべ、あんなショックにあったんだぞ」

「ショックはこっちよ！　それにね、ゆうべのことがあるからこそ、今朝はちゃんといつも通りに出勤しなきゃいけないの。分った？」

「分ったよ……。しかし、俺は二時間しか寝てない……」

「私は一時間よ」

「お前は別だ。人間じゃない」

「何ですって？」

ゆかりに凄い目つきでにらまれて、牧郎はあわてて、

「何でもない！　冗談だ」

そこへ、

「あーあ……」

と、久美が欠伸しながら、「今日、風邪ひいて休む」

「だめ！」

ゆかりの一声で、久美は諦《あきら》めて、

「言ってみただけ……」

と、椅子《いす》を引いて座ると、「食べるもの、ないの？」

すると、

「お待たせしました」

と、ワゴンを押してやって来たのは、ゆかりの秘書、北抜緑。

ワゴンにはハムエッグの皿が三つ並んでいる。

「緑さん！　いつからうちの家政婦になったの？」

と、久美が訊く。

「特別勤務です。休日出勤並みの残業代をいただきます」

緑は、ゆかり、牧郎、久美に皿を出し、飲物を注《つ》いだ。

「——君、寝てないんじゃないのか」

と、牧郎が言った。

「一晩や二晩、寝ずに働けないと、先生の秘書はつとまりません」

ゆかりはトーストを食べながら、

「ゆうべはありがとう。あなたがいなかったら、どうなってたか……」

「お給料を――」

「三倍ね。分ってるわ」

と、ゆかりは肯いた。

「例の殺された人、見付かってるかな」

と、久美が言った。

「もう発見されて、〈505〉の方が連行されているはずです。八時前に通報しましたから」

「そう……。でも、ちょっと気の毒ね」

「久美！　ゆうべ、ちゃんと決めたでしょ。そんな同情は無用！　あの女は、〈505〉の……誰だった？」

「松木浩一郎さんです」

「その男に殺されたのよ」

「分ってるけど……。身許とか調べられたら、分っちゃうんじゃない？」

「そこは考えてあります。これから手を打ちます」

と、緑は言った。「先生、お願いした通り、現金を」

「分ってる。用意するわ」

――牧郎は無理にハムエッグを食べてしまうと、立ち上ろうとした。

そのとき、ケータイが鳴って、

「私じゃない」

「俺のか」

牧郎は上着からケータイを取り出し、「――俺だ。――何だと?」

その間に緑が、

「秀哉さんはまだ――」

「帰ってないのよね。あの子ったら、どこに泊ってるのかしら」

と、ゆかりは顔をしかめる。

「いいじゃないの、子供じゃないんだし」

と、久美が言った。

「――分った、すぐ行く」

「あなた、どうかしたの?」

「ああ。〈Kプロダクツ〉の部長からだ」

「それって……秀哉の勤めてる所じゃないの。どうかしたの?」

「ゆうべ、誰かがオフィスに侵入したらしい。ひどく荒らされてるそうだ」

「まあ！」

と、ゆかりは胸に手を当てて、「まさか――あの子がその侵入者に殴られたとか……」

「いや、人の被害はないそうだ」

「それならいいけど……」

「ともかくひどいらしい。ちょっと〈プロダクツ〉に寄ってみる」

牧郎が立ち上って行きかけると、

「ちょっと待って！」

と、ゆかりが呼び止めた。「私も行くわ。緑さん、一緒に来て」

「はい」

「どうしてお前が――」

「秀哉が帰ってないのが偶然かどうか、気になるの。あの子のケータイがつながらないっていうのも」

「それはそうだね。お兄ちゃん、いつもケータイは離さない」

「行くわ。久美、あんたは食べたらちゃんと学校に行きなさいよ」

早口で言って、ゆかりは立ち上った。

「私も行っちゃだめ？　兄妹愛《きようだい》は大切よ」

「だめ！」

久美はむくれて紅茶をガブ飲みした。


五階でエレベーターを降りると、ゆかり、牧郎、そして緑の三人は足を止めて、

「まあ……」

「こりゃひどい……」

と、愕然《がくぜん》とした。

ガラス扉は粉々になって、廊下には書類が飛び散っている。

警官が何人も動き回っていて、写真を撮ったり、巻尺で測ったりしていた。

「――君塚様」

と、小走りにやって来たのは、〈Kプロダクツ〉の淡谷《あわや》という男。

「どうしたっていうんだ、これは」

と、牧郎が言った。「盗まれたものは？」

「それが……はっきりしないので」

「しかし、こんなに――」

「あの——どうぞ、こちらへ」

小柄で、心配性というタイプの部長である。〈K製薬〉からここへ回されたので、牧郎もよく知っている。

オフィスの中を覗いて、更に三人は絶句してしまった。

コピー機を始め、パソコンも叩き壊され、手のつけようがない。

「——これは盗みが目的じゃありませんね」

と、緑が言った。

「そうね。いやがらせというか……」

ゆかりは淡谷の方へ、「今日、秀哉は出社してる？」

淡谷は答えずに、

「あの……ご一緒においで下さい」

と、エレベーターの方へと戻って行く。

「——大変な被害だな」

と、牧郎がエレベーターの中で言った。「犯人は？　防犯カメラに映ってないのか？」

淡谷は何とも言えない表情で、

「お見せしたいものが……」

と言った。

一階の管理室へ入ると、

「実は――」

と、淡谷は言いにくそうに、「ゆうべの防犯カメラに、ゴルフクラブを手にした男の姿が……」

「ゴルフクラブか！　それで叩き壊したんだな」

「見て下さい」

淡谷は、ビデオを再生して、モニターへ目をやった。

背広姿の若い男がゴルフクラブを手に、オフィスのフロアを歩いているのが映っていた。

「これ……秀哉じゃないの」

と、ゆかりが言った。「あの子がどうして？」

画面を見ていると、秀哉がクラブを振り回して、ガラス扉を叩き壊すのが映し出された。

「――何てことだ！」

「君塚さん……。やったのは、秀哉さんなんです」

と、淡谷は辛《つら》そうに言った。「信じたくありませんが、これを見ると……」

ゆかりは力が抜けたように、そばの椅子に腰をおろした。

「あの子が……。どうしてこんなことを？」

見ていると、女の子が画面に現われた。

「これ、誰？」

「分りません。ずいぶん若い子のようですが」

秀哉とその女の子は、二人してオフィスを壊して回ったらしく、一緒に笑いながら去って行った。

ゆかりは心臓が止るかという気分で、

「もう……。ショックがいくつ重なるの！」

「先生――」

「大丈夫。――大丈夫よ」

ゆかりは深く息をついて、「淡谷さん、このビデオ、もう警察に見せたの？」

「いえ、まだです。今は現場の状況を調べているので」

ゆかりはゆっくりと立ち上った。

「先生——」

「言わなくても分るわね」

と、ゆかりはモニターをにらみつけて、「このビデオを処分して！」

「お気持は分りますが」

「処分するのよ」

と言って、ゆかりは深々と息をついた。「機械が故障してたとか、言いわけは何とでもできるでしょ。——淡谷さん、いいわね？　決してあなたに悪いようにはしませんし
「はあ」

淡谷は直立不動になって、「お任せ下さい！」

と言った。

「信じてるわよ」

ゆかりは淡谷の肩を叩いてから、「あなた。会社に行かないと」

「ああ……」

「緑さん。今日の予定はどうなってる？」

「はい。——ゆうべあちらに一泊される予定でしたので、今日は午後四時のパーティ

でのご挨拶《あいさつ》までは特に何も」

「そうだったわね……。あれって、昨日のことだったのね」

と、ゆかりは言った。「まるで十日も前のような気がする」

一瞬、ゆかりの目が遠くを見つめる。

「――さあ、行きましょ」

と、他の二人を促して、「そう。それと、秀哉がどこにいるのか、一緒にいた女の子が誰なのか、手を尽くして調べてちょうだい」

「かしこまりました」

ゆかりは胸を張って、管理室を出て行った……。


そのころ、君塚秀哉がどこにいるか、ゆかりが知っていたら、もっと嘆いていたかもしれない。

ラブホテルの一室。――薄暗い照明の下で、秀哉は息を弾ませていた。

「君……。初めてだったんだね」

と、秀哉は、顔までシーツを引張り上げている女の子に言った。

「――うん」

と、女の子が小さく肯く。

「大丈夫？」

「ええ。だって——誰でも一度は経験するんでしょ」

と、涼は言った。

「そうだな」

秀哉は仰向けになって、涼を抱き寄せた。

「——ごめんなさい」

と、涼が言った。

「え？　——何が？」

「ちっとも楽しくなかったでしょ」

「ああ……。だって、初めてじゃ……」

と言いかけてから、秀哉は笑った。

「笑わないでよ！　私だって、自分に魅力ないことぐらい、知ってるわ」

「そうじゃないよ」

と、秀哉は涼の顔を覗き込むようにして、

「実を言うとね、僕も初めてだったんだ」

涼が目を丸くして、

「そんな……。嘘でしょ」

「何度か試みたことはあったけど、いつもうまく行かなくってね。その度に彼女にも振られてた。ちゃんとできたのは、これが初めて」

二人は間近で顔を見合せ、やがて一緒に笑い出した。

「ドキドキして、損しちゃった」

「僕は……ゴルフクラブでガラス扉を叩き割ったときより、ずっといい気持だったよ」

「本当？　嬉《うれ》しい！」

涼は秀哉を抱きしめてキスした。

――二人は、しばらく抱き合って動かなかった。互いの肌のぬくもりを感じ、鼓動を聞いているだけで充分だった……。

「――私ね」

と、涼が言った。「三人姉妹の末っ子なの。でも、小さいころに両親が離婚して、私だけお母さんと暮すことになったの」

「じゃ、今もお母さんと？」

「お母さんが二年前に再婚したんだけど……」

と、涼がちょっと口ごもり、「新しいお父さんが……。ともかく、家にいたくなくて、飛び出した。それから一人であちこちに寝てたの……」

「そうか。辛かったんだな」

秀哉は涼をギュッと抱きしめて、「でも、もう僕が一緒だ」

「うん」

涼が嬉しそうに肯く。

「僕なんか、恵まれてるんだろうな。親は金持だし、仕事はコネで見付かるし」

「でも、いやな会社だったんでしょ?」

「うん……。会社がいやだっていうより、仕事してても、いつも親の顔がチラつくんだ。親が大嫌いで、軽蔑《けいべつ》してるくせに、その親からこづかいをもらって、親のおかげで会社で大事にされる。そんな自分が耐えられなかったっていうかな……」

「へえ。——色んな苦労があるんだ」

「そうだな」

「でも——子供は生れてくる家を選べないものね。親を選んで生れてくるわけじゃないものね」

と、涼は言った。

「そうだ。そうだよ」

秀哉は涼の頰《ほお》を指先で撫《な》でて、「君は僕の気持が本当に分ってくれてるんだね」

と、感激して言った。

二人はしっかりと抱き合い、しばし、時のたつのを忘れた。——どっちにとっても、初めての体験だった。

それから眠りに落ちた二人が目を覚ましたのは、もう夕方になろうかという時間だった。

二人で一緒にシャワーを浴び、子供のようにはしゃいで大笑いした。

「——ああ、お腹空いちゃった」

涼は服を着ると、濡れた髪をバスタオルで拭《ふ》きながら言った。

「そういえば、僕もだな」

「これからどうするの？」

訊かれて、秀哉はちょっとためらったが、

「——こっちがどうするつもりでも、警察が捕まえに来るよ」

涼は手を止めて、

「そんなこと……、全然考えてなかった」

「まあ、人を殺したわけじゃないから、そう重い罪じゃないだろうけど、きっとオフィスの防犯カメラに写ってるだろうし」

「じゃ、逃げたら？　一緒に逃げよう」

「逃げ回るなんて、疲れるじゃないか。それに捕まったら、それこそずっと親に見張られて暮すことになる」

「それじゃ、どうするの？」

秀哉はコートのポケットから、重そうな紙包みを取り出した。

「――それ、何？」

「うん……。買ったんだ、悪友からね」

包みを開くと、黒光りする拳銃《けんじゅう》が現われた。

「それ……本物？」

涼が目をみはる。

「うん。ちゃんと弾丸《たま》も入ってる。これで、自分にけりをつけるつもりだった」

と、秀哉は拳銃を手に取った。「君に会って、こんなに楽しい思いをするなんて、思ってもみなかったからね」

「だめ！　だめよ！」

涼は秀哉の腕をつかんで、「死ぬなんて、だめ！」

「うん……。でも……」

「だめよ」

と、くり返して、涼は秀哉を抱きしめると、「私——悪いことがしたいわ」

「悪いこと？」

「ゆうべ、あそこで色んな物叩き壊したとき、凄く気分良かったの」

涼は、秀哉に焼肉をおごってもらってから、あのオフィスへ一緒に戻って、「破壊活動」に加わったのだった。

「私、ずっと他の人にビクビクしながら生きて来た。——今度は他の人をビクビクさせたいわ」

涼は、秀哉の手の拳銃をじっと見つめて、「それがあれば、誰でも言うこと聞くわね」

「ああ……。たぶんね」

「私……仕返ししてやる」

「仕返しって——誰に？」

「誰だっていいの。私、学校でもずっとみんなからいじめられて、無視されてた。先生からも、『お前がいなきゃ俺は楽なのに』って言われた」

「ひどいな」

「私、これ突きつけて、謝らせてやりたい。きっと胸がスッとする」

涼は重い拳銃を両手で持って、銃口をグルッと部屋に一周させた。

「よし。僕も手伝うよ」

と、秀哉は言った。

「本当に？」

「ああ。僕らは恋人同士だ。いつも一緒だよ。そうだろ？」

「恋人同士……。そんなこと、一生言われないと思ってた」

二人は固く手を取り合った。

「――さあ、出よう。僕は大分現金持ってるから、当分は逃げていられるさ」

「ともかく今は何か食べたい！」

「そうだな、何がいい？」

「ゆうべの焼肉、また食べたい！」

「同じもの？」

「うん。だって、あんなにおいしい焼肉なんて、初めて食べたんだもの」

「よし。じゃあ、飽きるまで食べよう！」

二人は、まるで高校生同士のカップルのように、手をつないでホテルの部屋を後にした……。

6　逃走中

「お姉さん、さっきからケータイ、鳴ってるよ」

と、夕里子が言った。

「そうだった？　どこで？」

と、綾子が訊く。

「すぐそばで」

夕里子が指さしたのは、綾子がボーッと座っているソファから一メートルと離れていないテーブルの上だった。

「あ、気が付かなかった」

珠美がちょうど居間へやって来て、

「綾子姉ちゃんには、文明の利器って観念がないね」

綾子は妹たちをジロッとにらんで、

「疲れてぼんやりしてたのよ」

「いつもでしょ」

と、珠美がからかう。

綾子は、鳴り続けている自分のケータイを手に取って、

「〈Sストア〉からだ。何だろ？　もう私、バイトないけど」

「出て聞かなきゃ、何の用か分らないよ」

「それぐらい分ってる。――もしもし」

「あ、佐々本さん？」

と、若い女の声がした。「三輪茜《みわあかね》です」

「あ、どうも」

三輪茜は〈Sストア〉の店員で、アルバイトの綾子にあれこれ教えてくれた、親切な女性。

年齢は綾子とあまり違わないようだが、しっかり者である。

「ゆうべのことで」

と、三輪茜が言った。

「あ、タクシー代ですか？　あれならついでのときでいいですけど」

「タクシー代？」

「あの——松木チーフを送ってったタクシー代ですが、そのことじゃないんですか」

「松木さんのことが心配で。今日、出勤してないのよ。連絡もつかなくて」

と、三輪茜は言った。「ゆうべはあなたが一緒だったのよね。松木さん、ずいぶん酔ってたけど」

「ええ、マンションまで送って行きました。玄関に置いて来たんですけど」

綾子の話を聞いて、

「それじゃ、今日出て来ないって変ね。いくら何でも今まで玄関で寝てるわけないし」

と、茜は言った。

私なら寝てるかも、と綾子は思ったが、口には出さなかった。

「ケータイもつながらないの」

と、茜は心配そうに、「私、松木さんいないんで、売場から離れられないの。悪いけど佐々本さん、行ってみてくれない？」

「分りました。じゃ、松木さんのマンションに行って、様子みてくればいいんですね？」

「ごめんなさいね。アルバイトのあなたにそんなことまで頼んで」

「いえ、大したことじゃないですし。じゃ早速行ってみます」

綾子が切ろうとすると、夕里子が、

「お姉さん！　場所、分るの？」

珠美が、

「タクシー代、忘れないで！」

と、それぞれ「忠告」した……。

三輪茜から松木のマンションの住所を聞いてメモすると、綾子は出かけることにしたが、夕里子が、

「一人でやるのは心配だ。私、試験休みだから一緒に行く」

「じゃ、私も！　帰りに何か食べて帰ろう」

珠美は理由がよく分らないが、ともかく三人揃って出かけることになったのである……。

「あのマンションだ」

と言って、綾子は足を止めると、「何でパトカーがいるの？」

「帰ろう」

夕里子が言った。「いやな予感がする」

「でも……」

「お姉ちゃん！」

珠美が夕里子をつつくと、「ほら、見て！」

ちょうどそのマンションから小走りに出て来たのは、夕里子の「彼氏」、国友《くにとも》刑事である。

「国友さんだ！　——国友さん！」

夕里子が呼びかけると、国友もびっくりした様子でやって来た。

「やあ！　何してるんだい！」

「国友さん……事件？」

「ああ、それが仕事だからね」

と、国友は肯いて、「あのマンションで女の死体が見付かってね。刺し殺されてる」

「へえ……。私、ちょっとバイト先の上司の所へ」

と、綾子が言った。「入ってもいい？」

「ああ、もちろん。何号室？」

「ええと……確か……〈505〉」

と、綾子がメモを見て言うと、

「〈505〉だって？」

と、国友は緊張した。「死体が見付かったのは〈505〉なんだ」

「まさか……」

綾子が唖然とする。

夕里子がため息をついて、

「そんなことだと思ったんだ……」

と呟いたのだった……。


「妙な話だな」

と、国友刑事は首をかしげた。「すると、綾子君がこの玄関まで松木という男を運んで来たんだね？」

「ええ。たまたまエレベーターで下りて来た女の方が手伝って下さって、二人で」

「それが夜中の十二時過ぎ?」

「ええ、そうです」

「その後、松木が女を殺した……」

「そんなこと! 松木さん、そんな人じゃないですよ」

と、綾子は言った。

「しかし、ここの寝室に女の死体があったのは事実だからね」

と、国友は言った。「しかも、松木は警官を殴り倒して逃げてる」

「まさか……」

綾子は呆然としている。

「殺された女性の身許は分ったの?」

と、夕里子が訊いた。

「いや、持物からははっきりしなくて、今当ってるところだ」

「ともかく、あんなに酔っ払ってて、そんなことできるわけない」

と、綾子は言った。「——あ、電話だ」

綾子がケータイに出ると、

「佐々本さん? 三輪茜です」

「あ――。どうも」

「松木さん、どうだった？　マンションに行ってくれた？」

「ええ、あの……。今、マンションの部屋にいるんですけど……」

「じゃあ、松木さん、大丈夫なのね？」

「それが――。あの、ちょっと待って下さい」

綾子は国友の方へ、「松木さんの勤め先の人からなんですけど」

「じゃ、僕が話そう」

と、国友は言った。「松木の立ち回りそうな所を知ってるかもしれない」

「お願いします！」

綾子はホッとして、ケータイを国友に渡した……。


スピーチは、いつになく受けた。

君塚ゆかり。――その名前は、パーティ出席者の誰もが知っていた。

スピーチが終ると、満場の拍手が、ゆかりを包んだ。

壇を下りると、ゆかりは声をかけて来る人々から逃れるように、パーティ会場の隅の方へ行って、シャンパンのグラスをもらうと、一気にあけた。

「すばらしかったぞ」

と、ゆかりの肩を叩いたのは、見るからに尊大な感じの男で、ゆかりはあわてて、

「稲川《いながわ》先生！　おいでだったんですか」

「ああ。しかし、君は政治家になるために生れて来たのかもしれん」

保守政党の大物で、元大臣の稲川は、笑顔を見せて、

「今のスピーチは、事実上の立候補宣言と思って良さそうだな」

と言った。

人をほめているときでも、この人は、

「俺にはかなわないだろう」

と言っているように聞こえる、と、ゆかりは思った。

「そんなつもりではありません」

と、ゆかりは言った。

「ゆうべ、幹事長の赤木《あかぎ》と話した」

稲川はチラッと左右を見て、「ここだけの話だが、君を公認するつもりだと言っていたよ」

ゆかりは一瞬息を止めた。

「それは——本当ですか」

「ああ。知名度もあり、我々の党の支持層には人気抜群だ。ただし——」

「何か？」

「同じ選挙区で、君一人に票が集中すると、落ちる者が出てくるかもしれん。その点だけが心配だ」

「それほどでは……」

「うまく票を配分するさ。君には浮動票がかなり入ると見ている。組織票を他の候補に集める工夫をすれば大丈夫だろう」

稲川はニヤッと笑って、ゆかりの肩をまたポンと叩いたが——叩くだけではなく、その太い指で、肩を軽くつかんでいた。

「今度、打合せをしよう。一度晩飯でも食いながらな」

「ありがとうございます。喜んで」

「君が酔って、目の周りをほんのり染めたところは、さぞ色っぽいだろうな」

稲川はそう言って、「じゃ、俺は他のパーティにも顔を出すから」

「ありがとうございました」

稲川の幅の広い背中がパーティの人波に埋れて行くのを見ながら、ゆかりは稲川につかまれていた肩の辺りを手で払った。

「国に忠、親に孝」

と言い、「家庭を守ることこそ、国の秩序の基礎」

と、あちこちで公言しながら、愛人を二人も三人も抱えている男だ。

しかし――ゆかりも、もう人のことをとやかく言える立場ではない。

どうして？　――どうして、こんなことになったんだろう？

夫は元の秘書と浮気の末、あんなとんでもないことに巻き込まれて、ただオロオロするばかり。久美はまだ十七歳なのに、ボーイフレンドを連れ込んで……。

おまけに秀哉の一件だ。

父親のコネで入社したら、確かに何かと気苦労もあるだろう。しかし――会社中を叩き壊して回るというのは普通でない。

何を考えているのか、そして今、どこにいるのか。一緒にいた女の子は誰なんだろう？

ああ……。

パーティの人ごみの中、ゆかりは大声で叫び出したくなった……。

その間にも、次々と、

「いつもお世話になりまして」

「すばらしいお話でしたわ！」

「お目にかかれて光栄です！」

と、見たこともない人々がやって来て、握手を求めて行く。

その都度、笑顔を作り、相手をしなければならない。

これも、国会議員という肩書を手に入れるためだ。

国会議員……。

しかし、夫の件、秀哉の件が公《おおやけ》になったら、そんな夢など消し飛んでしまう。

そう。——何が何でも、すべてを闇《やみ》に葬ってしまうのだ。それしかない。

ゆかりは水割りのグラスを取って、一気に飲み干した。

誰にも——誰にも邪魔はさせない！

させるもんですか！

「先生」

いつの間にか、北抜緑が立っていた。

「ご苦労さま。どうだった？」

「何とかなりそうです」

「そう、良かったわ。——頼りにしてるわよ」

「私はただ——」

「お給料三倍。分ってるわ」

「秀哉様の行方はまだ分りません。何分《なにぶん》、お友だちの少ないお方なので」

「そうだった？」

言われて、ゆかりは秀哉の友だちなど全く知らないことに気が付いた。

「あの子……彼女もいないの？」

「長く続かないようです」

「そう……。あんなにいい子なのに」

ゆかりはひとり言のように言った……。

「——先生」

少し間を置いて、緑が言った。「すぐ、先生のお誕生会があります」

「そうだったわね！　忘れてたわ」

「色々な方にご挨拶をお願いしてありますから、今さら中止にはできません」

「もちろんよ！」

と言ってから、「秀哉がそれまでに戻らなかったら……」

「問題です。お誕生会には、ご家族揃ってご出席されないと」

「格好がつかないわね。いくら何でも、秀哉もそれまでには戻って来るでしょ」

「だとよろしいですけど……」

「戻って来るわよ。――必ず」

ゆかりは自分に言い聞かせるように言った。


「お疲れさまでした」

毎日聞くその言葉が、今夜ほど身にしみて聞こえたことはなかった。

三輪茜は、かすれた声で、

「どうも……」

と答えるのがやっとだった。

ロッカールームで着替えるのにも、いつもの倍も手間取って、何度も休まねばならなかった……。

二十四時間営業のコンビニに客を取られて、〈Sストア〉のようなスーパーも、かなりの痛手だった。九時に閉めていたのを、対抗上十一時まで開けることになり、しかも働き手は増やしていない。

だが、本当なら三輪茜は今日早番で夕方六時に上れるところだったのだ。ところが、松木が欠勤して、しかも大変なことになってしまっていた……。

結局、閉店まで茜は、食事をする余裕もなく働くことになったのである。

やっとの思いで店の従業員口から出たのはもう十一時四十分。早く帰らないと、電車がなくなる。

アパートの近くにはファミレスもないので、コンビニで残っていたお弁当を買って帰ることになった。

「――寒い」

北風が強い。――まだ薄手のコートの茜は首をすぼめて、小走りにアパートへと急いだ。

二階建の古いアパートは、真冬になると隙間風《すきまかぜ》が入る。

それでもアパートの明りが見えて来るとホッとした。小さいながらもお風呂がある。

早く帰って、お湯に浸《つか》ろう。

二階へ上る外付けの階段を上りかけたとき、

「三輪君」

と呼ぶ声がした。

え？　――今の、空耳？

面食らってキョロキョロしていると、階段の下から人影が現われて、

「三輪君……。僕だよ」

茜は息を呑《の》んで、

「松木さん！」

「すまないけど……。君を待ってたんだ。ちょっと中へ……入れてくれないか」

松木の声は震えていた。

「こんな所で……。じゃ、早く」

「すまない……」

よろける松木を、あわてて茜は支えると、階段を一緒に上らせた。

「君に迷惑かけたくないけど……」

「しっ！」

と、茜は小声で、「他の部屋の人に聞こえます。黙って」

「うん……」

茜が部屋の鍵を開け、松木を中へ押し込む。

松木は、何とか靴を脱いで上り込むと、その場に崩れるように倒れてしまった……。

7　銃弾

「今度はお父さん、いつごろ帰って来るんだい？」

と、国友刑事が食事を終えて訊いた。

「たぶん……三週間くらいじゃないかって言ってたけど」

夕里子は国友にお茶を注いで、「大体、お父さんが海外出張してると、ろくなことがない」

母親を早くに亡くした佐々本家では、三人姉妹の内、次女の夕里子が一番しっかり者で母親代りと言ってもいい。

「でも、今度は別に誰も誘拐されてない」

と、三女の珠美が言った。

「そうしょっ中誘拐されてたまるもんですか」

と、夕里子が顔をしかめた。

「でも、やっぱり殺人事件が起ったわ」

と、綾子が言った。

「それはお姉さんと関係ないじゃないの」

と、夕里子は言った。「ともかく、余計《よけい》なことに首突っ込まないで！」

「でも、本当に殺された女の人、松木さんの恋人だったの？」

と、綾子が国友に訊く。

国友は少し遅めに佐々本家で夕食をごちそうになっていた。

「マンションの管理人に訊いた。松木があの殺された女と一緒に、よく出入りしていたらしいよ」

「信じられない……」

「女の人の身許、分ったの？」

と、夕里子が言った。

「うん。明日の新聞に出るだろう。武田沙紀といって、二十八歳の元ＯＬ。一年ほど前に会社を辞めて、その後はあの松木のマンションで暮らしてたらしい」

「じゃ、同棲《どうせい》してたってこと？」

「うん。下着や服や化粧品が部屋にあったよ。何かでもめた挙句《あげく》の犯行ってことかな」

「だけど、女の人、殺しといてグーグー寝てる？」

と、夕里子は言った。

「まあ確かに妙だけど、実際、ああして殺されてるんだから……」

「〈Sストア〉のチーフっていっても、そんな大したお給料もらってないと思うけど」

と、綾子が言った。「愛人を家に置いとくなんて余裕、あるかしら」

「武田沙紀が金を持ってたのかもしれないよ。服やバッグ、結構高いブランド物ばかりだった」

と、国友は言った。「玄関にあった靴もフェラガモだったし」

「玄関の靴？」

綾子は首をかしげ、「女物の靴？　そんなのなかったと思うけど……」

「綾子姉ちゃんが気が付けば、そっちの方がふしぎ」

「待ってよ。それなら一緒に松木さんを運んだ女の人に訊けば憶えてるかも」

「今のところ、その女性が誰だったか、分ってないんだが」

「名前も訊かなかったし、どこに住んでるのか……。あのマンションの住人とも限らないものね」

綾子はため息をついた。

「国友さん、コーヒー飲む？」

「ああ、ありがとう」

国友は微笑んで、「ただ——一つ妙なことがある。いや、二つかな」

「何なの？」

「一つは、寝室内に血痕がない。死体のあったベッドにも血痕が残ってないんだ。まあ、ナイフが刺さったままで、出血が比較的少なかったようだが……」

「他の場所で殺された可能性がある、ってことね。もう一つは？」

と、夕里子が訊く。

「彼女のケータイがない。——あちこち探したが見付からないんだ。通話記録やメールで、何か手掛りが見付かるかもしれないが」

「松木が持って逃げたのかしら？」

「その可能性はあるけど、松木が逃走したときの状況を考えると、どうもそう考えにくいんだ」

夕里子が少し考えて、

「その——武田沙紀、だっけ？　彼女の勤めてた会社の同僚とか、何か知ってるんじゃない？」

「そうだな。確か、〈K製薬〉だったと思う」

と、国友は肯いて、「しかし、ともかく松木が逃げてるんだから、今は彼を見付けるのが第一でね」

「それって、今の警察のいけないところだわ」

と、夕里子が言った。「一旦《いったん》容疑者が出ると、他の可能性に目を向けなくなる。捜査ミスの原因よ」

「まあ、それは分らないでもないけどね。しかし現実には人手もないし——」

「いいえ！」

と、綾子が力強く言った。「間違ってる！　松木さんは人殺しじゃないわ」

国友も一瞬言葉が出なかった。いつもぼんやりの綾子だが、その代り一種霊感とでも言うべき直感は、しばしば真実を言い当てることを知っていたからである。

「国友さん」

と、珠美が言った。「考え直した方がいいかもよ。綾子姉ちゃんの直感の鋭いことは知ってるでしょ」

「そりゃまあそうだけど……」

するとと、綾子が、

「鍵！」

と、いきなり叫んだ。

「どうしたの？　柿、食べたい？」

と、夕里子が訊いた。

「柿じゃないわ。鍵！　――国友さん、松木さんの部屋の玄関、鍵かかってた？」

「鍵？　さあ……。どうして？」

「私、松木さんを寝かして、玄関鍵かけないで置いて来たの」

「開けるときは？」

「キーホルダーをポケットから取り出して開けた。でも、一緒に松木さんを運んでくれた女の人が、『マンションの中だから大丈夫』って言って……」

「じゃ、キーホルダーは？」

「確か……。そう、寝てる松木さんのそばに置いて来た」

それを聞いて、国友は、

「すると、松木が玄関で寝てる間、誰でもあの部屋へ入れたってことだな」

と言った。

「そうよ！　誰かが、松木さんが寝ている間に中へ入って、女を殺したんだわ」

「可能性はあるけど……」

「お姉さん、その松木さんを部屋へ運んで行くのを手伝ってくれた女の人を憶えてる？　その人の証言を聞くのが早いわ」

「会えば分る……と思うけど」

と、綾子は言った。

「よし、あのマンションの住人に当ってみよう」

と、国友は言った。「そんな遅い時間に出入りしてるってことは……」

「ありがとう、国友さん！」

綾子は国友の手を思わず握りしめた……。

それは「運命」としか言えない出会いだった。

「お腹が苦しい……」

と、笑いながら涼が言った。

「よく食べたな」

と、秀哉も一緒に笑った。「僕の倍は食べてるぞ、焼肉」

「だって、入っちゃうんだもの、いくらでも！」

涼は秀哉の腕にしっかりつかまって歩きながら、「ああ！　こんなに幸せなんて、信じられないみたい」

「さて……。どこに泊ろうか」

と、秀哉は言った。「しっかり眠れるように、今度はちゃんとしたホテルにしよう」

「眠るだけじゃいやだ！」

と、涼はすねたように言った。「ちゃんと愛して」

「分ってるよ」

と、秀哉がしっかりと涼の肩を抱く。

二人は、焼肉の店から大通りへ抜ける、バーなどの並んだ道を歩いていた。

その一軒の店先に、革ジャンパーの若者が四人、たむろしてタバコを喫《す》っていた。

涼と秀哉がそのそばを通り抜けようとしたとき、

「涼じゃない」

と、女の子が言った。

「え？」

振り向くと、タバコをくわえて、派手な化粧をして髪を真赤に染めた革ジャンパーの少女が、涼の方へやって来た。

「涼だよね。——私、マリよ。佐伯《さえき》マリ」

涼は、小学生のときの同級生の顔を、やっと見分けた。

「マリ……。びっくりした」

「あんた、ちっとも変んないわね」

と、佐伯マリは笑って、「その人、彼氏？　いいとこの坊っちゃんみたいじゃない」

涼の顔はこわばっていた。マリが近付いて来ると、反射的に一歩退《さ》がった。

「何よ、昔の友だちをそんな目で見て」

と、マリが言った。

「友だちじゃないわ。あなた、私のことをいじめてたくせに」

と、涼は言った。

「あら、そういう言い方ってある？　誰もあんたに構わないから、可哀そうだと思って相手してあげてたのに」

「私からおこづかい、取り上げてたでしょ」

マリの顔が急に険悪になった。

「ちょっと」

と、男の子たちへ声をかけ、「こいつ、私のことを泥棒扱いしやがったよ」

「そいつは放っとけないな」

男の子といっても十七、八だろう。体も大きく、ポケットからナイフやチェーンを取り出す。

「何なのよ」

と、涼は秀哉の腕にしがみついた。

「人のことを侮辱したんだ。ありったけの金を出しな。その上で手をついて謝るんだね」

「誰が！」

「へえ。――あんたもずいぶん偉くなったんだね」

と、マリはニヤリと笑った。「痛い目にあわないと分らないらしいね」

涼は、秀哉の上着の下へ手を入れると、内ポケットから拳銃を取り出して、両手で構えた。

「近付いたら撃つわよ！」

マリと男の子たちは呆気に取られていたが、

「――モデルガン？　そんな物で遊んでるのかい」

と、マリが笑った。

次の瞬間、拳銃が鋭い銃声と共に火をふいた。そばに停めてあったバイクのミラーが粉々に砕ける。

「――本物だ！」

男の子たちがあわてて遠ざかる。

「涼……」

「マリ。――あんたこそ謝んなさいよ。手をついて」

と涼は言った。「私をどれだけ泣かせたか」

マリは燃えるような目で涼をにらみ返して、

「ふざけんじゃないよ！　撃てるもんなら撃ってみな！」

と、怒鳴った。

「私に撃てないって言うの？」

涼は、余裕を感じさせる笑みを浮かべて、「私ね、悪いことする楽しさを覚えたの」

「涼――」

「痛い目にあうのはあんたよ！」

銃口は、マリの脚へ向いた。そして――涼は引金を引いた。

耳を打つ銃声。そしてうっすらと硝煙《しょうえん》が風になびいた。

外れたのか。――涼は、ポカンとして突っ立っているマリを見て、思った。

でも、いいや。びっくりしてるだろう。肝を冷やしただけでも、いい気味だ。

だが、マリは右手をゆっくり持ち上げて、胸に当てた。

「涼……」

「何よ」

「――当ったよ」

そう言うと、マリは急に糸の切れたマリオネットのようにグシャッと地面に倒れた。

「うそ……。マリ？」

涼はゆっくりと銃口を下げた。「私――脚を撃ったのよ」

男の子たちが、我先に逃げて行く。

マリは目を開けたまま倒れて、動かなかった。

「涼、それを渡して」

秀哉は拳銃を涼の手から取り上げてしまうと、「本当に、命中したんだ」と言った。

「——死んだ？」

涼は、ゆっくり広がって行く血だまりを見下ろした。

「らしいよ」

「私って……本当に殺しちゃった」

「いいさ」

秀哉は涼の肩を抱いて、「君をいじめたんだろ。当然の報いだ」

「ええ……。そうね」

「行こう。誰も気にしないよ」

「うん……」

涼は秀哉にしっかりとしがみついて、歩き出した。

——夢を見たのかしら？

涼は、まだ今起ったことが本当だとは信じられなかった……。

8　道連れ

誰か……。

誰かが玄関のドアを叩いている。

「お留守？」

と、ドア越しの声。

留守？　俺はここにいるよ……。

深い眠りから覚めたばかりで、松木浩一郎は、ほとんど瞼《まぶた》が開いていなかった。

布団から這い出すと、フラフラと立ち上り、またドアを叩く相手に、

「はい、今行きますよ」

と、もつれそうな舌で答えた。

玄関のドアを開けると、面食らった顔の女が立っていた。エプロンをつけたままで、

「あの……回覧板です」

と、松木を大きな目で見ながら、「急ぐんで、すぐ回さないと……」

「ああ、そうですか」

と、松木は欠伸をして、「じゃ、サインでもいいですか？」

「ええ……」

回覧板の中身などまるで読まずに、松木はサインすると、「どこへ回せば？」

「あ、いえ――私、回しときますよ」

と、その中年の主婦は言った。

「そりゃどうも。よろしく」

「いいえ。お邪魔しました」

ドアを閉めると、松木はもう一度大欠伸をしながら、部屋へ入って……。

え？　――ここ、どこだ？

狭苦しいアパートの中を見回して、松木は初めてそこが自分のマンションでないことに気付いた。

「そうか」

ゆうべ、三輪茜のアパートに転り込んで、弁当を食べ、風呂に入って、布団に倒れ込むようにして眠った。

「今……何時だ？」

ちゃぶ台の上の腕時計を見ると、三時過ぎだ。

「三輪君……」

当然、三輪茜は〈Sストア〉に出勤しているのだ。——ちゃぶ台の上には、サンドイッチが置かれていた。

その下にメモが。

〈松木さんへ。

私、出勤します。今日は七時過ぎに帰れると思いますが、はっきりしません。何もないので、コンビニでサンドイッチ、買って来ました。起きたら食べて下さい。

ともかく、ゆっくり休んで下さい。今夜帰ってから、先のことを相談しましょう。

誰かが玄関のチャイム鳴らしても出ないで下さい。ここは私一人ということになっていますから。

茜〉

――松木の顔から血の気がひいた。

誰が来ても出るな。当然のことだ。

警察は自分を殺人犯として追っている。

それなのに、俺は……。

「畜生！」

松木はメモを手に、座り込んでしまった。――何も考えずに、玄関へ出てしまったのだ。あれはきっとこのアパートの住人だろう。

「俺は馬鹿だ！」

松木は拳《こぶし》で頭を何度も殴った。

そうだ。――こうしてはいられない。

あの女が一一〇番していたら……。

松木はあわてて自分の服をかき集めた。

そして今、下着だけの格好で玄関へ出て行ったことに気付いたのだった……。

「仕方ないわ……」

と、三輪茜は呟いた。

今日は早く帰りたかったのだが、上司から、

「閉店までいろ」

と言われてしまった。

松木があんなことになって、店の幹部は動揺していた。勤務のシフトをどうするか、まで頭が回らないのだ。

結局、一番言いやすい茜に、「残れ」と言って来る。

「ああ……」

腰を伸して、茜は思わず声を出した。

やっともらえた休憩時間だが、たったの十分。――十分でどうやって昼食をとれと言うのか。

しかも、もう四時近いのだ。朝簡単に食べたきりで、何も食べていない。このま
ま、きっと閉店まで食べられないだろう。

搬入口のすぐ脇にある小さな空間が、〈休憩室〉である。

部屋でもないのに、どうして休憩室なのか？　三つ、折りたたみの椅子があるだけ。

ともかく、腰をおろして、茜は首を左右へかしげた。肩のこりは一年中だ。

まだ二十歳なのに、体はまるで中年並みにくたびれている。

やり切れない思いは、いつも茜の中に重苦しく淀《よど》んでいた。でも、仕方ない。

家から出るために、十八のとき、三輪という男と結婚したが、男はすぐに出て行ってしまった。

学歴もコネもない、二十歳の茜が、一応「正社員」として勤めていられるのは、この〈Sストア〉くらいのもので、もし何か不満があって辞めてしまったら、まず次の仕事が見付かるとは思えなかった。

どんなにきつくても、上司から、

「何でも言うことを聞く、重宝《ちょうほう》な奴」

と思われていると分っていても、ここで耐えて働くしかない……。

茜は目をつぶって、瞼の上から指で眼を押した。こうすると、少し目の疲れが良くなる気がするのだ。

すると、

「三輪君」

と、声がした。

目を開けると、キッチンペーパーにくるんだサンドイッチと、缶コーヒーが目の前にあった。

顔を上げると、少しおずおずとした笑顔が茜を見下ろしている。

「――部長さん」

と、茜が言うと、

「よしてくれよ、そんな呼び方」

と、皆川治《みながわおさむ》は言った。「昼、食べてないんだろ？　これ、食べて」

「でも……」

「店長にはちゃんと言ってある。大丈夫だよ。三十分休んでいい」

「そんなこと……」

「十分なんて、休む内に入らないよ。しかも食事もとってないなんて。さ、これを食べて」

茜は複雑な思いだったが、断るわけにもいかず、

「すみません。いただきます」

と、サンドイッチと缶コーヒーを受け取った。

「缶コーヒー、僕が開けてあげるよ」

皆川治は隣の椅子にかけて、缶コーヒーを手に取ると、ふたを引張って開けた。

「すみません」

茜はサンドイッチを食べながら、「でも──部長さん、こんなことといけません」

「どうして？」

「私なんか、ただの平社員なのに、特別に目をかけていただいてるようで」

皆川治は、この〈Sストア〉チェーンのオーナーの息子だ。二十七、八だが、本部の営業部長だった。当然、将来は〈Sストア〉を任されるのだろう。

しかし、皆川治は穏やかなやさしい性格で、各店を回りながら、パートの一人一人にも、分けへだてなく声をかけていた。

「育ちがいいから、人にやさしくしてられんのよ」

と、皮肉を言う同僚もいたが、茜は治のやさしさが好きだった。

ただ、時としてそんな風に茜を「特別扱い」することがあり、茜は店の上司や同僚から冷たい目で見られていた。

「僕は、よく働いてくれる社員に感謝してるだけだよ」

と、治は言った。

「でも、みんな同じように頑張ってます。私なんか新米で、大して役にも立っていないのに……」

「君が一番仕事を押し付けられてるのは、数字を見てれば分るよ。また、君はグチ一つ言わないで働いてるからな」

「部長さん……」

「頼むから、その呼び方はやめてくれ」

「でも――」

「せめて二人でいるときは、『治』と――。いや、『皆川』でもいい」

治の手が茜の肩を抱いた。茜は必死に身を固くして、

「やめて下さい」

「茜君……」

「後でみんなに何と言われるか……。お願いです。やめて下さい」

治は少し間を置いて、手を引っ込めた。

「――すまなかった」

「いえ……。親切にしていただいてるのに、すみません。でも、皆川さんはみんなの上に立つ方です。誰にも公平でないと」

「公平？」

治はちょっと笑って、「公平に恋をするなんてこと、できないよ」

「恋？」

「分ってるだろ。君のことが好きなんだ」

「皆川さん……」

「治と呼んでくれ。――いいだろ？」

「治……さん。あなたは婚約してらっしゃるでしょ」

「ああ。親父が勝手に決めた相手とね」

「でも、婚約は婚約です。私みたいな女にどうして……」

「君はどうしてそう自分のことを低く見たり低く言ったりするんだ？　君は実によく働く、真面目な、すてきな女性だよ」

と、治は少しむきになって言った。

茜は困惑していた。まさか治からこんな言葉を聞こうとは思っていなかったのだ。

そのとき、ケータイの鳴る音が、二人の間に割って入った。治が舌打ちしながらポケットからケータイを取り出し、

「――もしもし。――ええ、今は外を回ってるところで……」

話しながら、治は店の方へ戻って行く。

茜はホッとした。――三十分休めと治は言ったが、そうはいかない。

急いでサンドイッチを口へ押し込み、缶コーヒーで流し込む。

「さあ、仕事だわ……」

と、立ち上ったときだった。

「三輪君」

と、小さな声がした。

「え?」

振り向いた茜は、そこに松木が立っているのを見て、目を疑った。

「――何してるんですか、こんな所に……。みんなに見られますよ」

と、声を押し殺して言うと、松木を店の裏手へと引張り出した。

「すまん……。寝ぼけてて、とんでもないことをしてしまった」

松木はうなだれた。――事情を聞いて、茜は愕然とした。

「じゃ、アパートの人に見られたんですか」

「うん……。たぶん気付いたんじゃないかな……」

「そんな……。私までアパートへ帰れなくなるじゃありませんか」

「すまない」

松木は頭を下げて、「僕は逃げる。君は、僕に脅されて仕方なく匿《かくま》ったことに……」

「そんな話、通用しませんよ」

茜はため息をついて、「どうしよう……。こんなことが公になったら、クビだわ」

「三輪君……。君をこんなことに巻き込んですまない。——僕が来たことは忘れてくれ」

と、松木は言った。

「松木さん、どうするんですか？」

「僕は……自首するよ」

と、目を伏せる。「それしかないだろう」

茜はじっと松木を見つめて、

「——嘘」

と言った。「死ぬ気ですね」

「三輪君——」

「やってもいない罪で死ぬなんて！　いけませんよ」

「しかし、誰も僕のことなんか信じてくれないよ」

「私は信じてます。だからゆうべあなたを泊めたんじゃありませんか」

「三輪君……。ありがとう」

松木は涙ぐんでいる。

「ともかく……仕事が終るまで待ってて下さい。これからどうするか、後で考えましょう」

「呑気《のんき》だね、君は」

という声に、二人がハッと振り向く。

皆川治が立っていたのだ。

「皆川さん！　お願いです。見なかったことにして下さい」

と、茜が言うと、

「君のアパートの住人が一一〇番していたら、当然ここへも警察が来る。そんなときに仕事がどうとか言ってられるか？」

「そう……ですね」

茜は肩を落として、「私、捕まるんですね、やっぱり」

そのとき――パトカーのサイレンが聞こえて来た。茜と松木が凍りつく。

「これを」

と、治が車のキーを茜に渡した。「僕の車の中に、二人で隠れてろ」

「皆川さん――」

「早くしろ！　誰かに見られたらおしまいだぞ」

と、治は二人を押しやって、「僕の車、分るだろ？　いつもの所に停めてある」

「はい」

茜は松木の手をつかんで、「行きましょう！」

と、駆け出した。

駐車場――といっても客用ではなく、業務用のスペースに、皆川治が仕事でいつも乗っているライトバンが停っていた。

「どうして僕らを匿まってくれるんだろ？」

と、松木が言った。

「分らないけど……。でも、今は仕方ないじゃありませんか！」

「うん……」

ライトバンのドアを開け、二人は後部座席の隙間に膝を立てて座り込んだ。

「これじゃ見えてしまうわ。――松木さん、じっとしてて」

茜は立ち上ると、ライトバンの後ろのスペースに積んであった段ボールを抱え上げ、松木の上にのっけた。

「重いよ」

「我慢して下さい。車の中を覗かれたとき、すぐ見えちゃ仕方ないでしょ」

「うん……」

茜は自分も段ボールを頭の上にのせて、うずくまった。

「こんな格好で捕まりたくないな……」

と、松木が呟いた。

サイレンはスーパーの前に停った。

茜と松木は息を吞んで、じっと身動きせずに立て膝を抱えていた……。

9
証言

「ええ、武田沙紀さんとは、とても仲良くしてました」

と、その女性は言った。「あの——飲物、頼んでいいですか？」

「ええ、もちろん」

と、国友は言った。

「じゃ、私レモネード」

「僕はコーヒーを」

と、注文して、国友は座り直すと、「びっくりしたでしょうね。武田沙紀さんが殺されたときには」

「もちろんです！　信じられませんでした。今でも信じられないわ。あの沙紀ちゃんが……。本当にいい人だったんです」

――〈K製薬〉に勤めるOL、夏目《なつめ》ユリはそう言って、ハンカチで眼を押えた。

「一年ほど前に、会社を辞めたそうですね。たぶんそれくらい前です」

「沙紀ちゃんですか？　そうですね。たぶんそれくらい前です」


と、夏目ユリは言って、「だから、あんな男とは付合うなって、何度も言ってやったのに……」

「あんな男とは……」

「もちろん、犯人の松木です。――憎いわ、本当に！」

「松木のことは、沙紀さんから聞いたんですか？」

「もちろんです。私、いつも沙紀ちゃんの相談相手でしたから」

と、夏目ユリは肯いた。

「松木は〈Sストア〉の日用品売場のチーフでしたね。〈K製薬〉の武田沙紀さんと、あまり接点があるとは思えませんが、二人はどこで知り合ったんですか？」

国友の問いに、夏目ユリは、

「それは……」

と、ちょっと詰って、「確か……。よく憶えていませんけど、どこかの合コンで……。ええ、確かそうだったと思います」

「なるほど。よくあるパターンですね」

「ええ、仕事の上の付合いじゃなかったと思いますわ」

「しかし、松木も独身だったわけですし、武田沙紀さんはどうして会社を辞めてしまったんでしょう？　働きながら付合っていても、一向に構わなかったでしょうが」

「ええ……。でも、何だか松木って男が、とても嫉妬《しっと》深くて、沙紀ちゃんが他の男と話したりするだけでも怒ったんですって。それで結局沙紀ちゃんは会社を辞めて……」

「しかし、同じマンションに住んでいて、どうして結婚しなかったんですかね」

「さあ……。その辺はよく知りませんけど」

「彼女の方は結婚したがっていなかったんですか？」

「それは……ええ、結婚したいとは言っていましたわ。でも、彼女、とても控え目なタイプでしたから、なかなか自分からは言い出せなかったんでしょう」

国友は肯いて、

「最後に武田沙紀さんに会ったのは、いつごろですか？」

と訊いた。

「たぶん……殺される二週間くらい前だと思います」

「そのとき、松木とうまく行っていないとか、松木のことを恐れている様子はありましたか？」

「そうですね……」

と、夏目ユリはちょっと遠くに目をやって、

「今思えば、確かに落ちつかないというか、話していても上の空って感じでしたが……。まさか、あんなことになるとは思わなかったので、詳しくは訊きませんでした」

「なるほど……」

二人はちょっと黙って飲物を飲んでいた。

奥の席にいた女の子が、トイレに立って国友のテーブルのそばを通り、伝票が床に落ちた。

「あ、ごめんなさい」

女の子が伝票を拾って国友へ渡した。

国友は手もとで、伝票と一緒に渡された夕里子のメモを見た。

「——あの、そろそろ仕事に戻りたいんですが」

と、夏目ユリが言った。

「ああ、失礼。お忙しいのに、すみませんでした」

と、国友は言った。「ああ、そうだ。大したことじゃないんですが――」

「何でしょうか？」

「武田沙紀さんはメガネ、かけてましたか？　いや、現場の部屋にメガネが落ちていたんですが、彼女のものかどうか……」

「メガネですか……」

「女性用だったのでね」

「ええ、じゃきっと沙紀ちゃんのでしょう。いつもコンタクト使ったりしていたので、メガネをかけてる所は、あまり見たことありませんが」

「分りました。いや、お手数かけて」

「もうよろしいかしら？　じゃ、これで」

と、夏目ユリは会釈《えしやく》して立ち上り、店を出て行った。

――少しして、夕里子が国友のテーブルにやって来た。

「どう思った？」

と、夕里子が訊く。

「一番あてにならない証人のタイプだな」

と、国友は言った。「何か訊かれると、すぐに『思い出す』。次から次へと記憶を作り出すタイプだ」

「メガネのことは？」

「うん。あの部屋には、メガネもコンタクトもなかったな」

「信用できないわ、あの夏目って人」

と、夕里子は言った。「どう考えても変よ。スーパーの売場のチーフぐらいで、マンションに女性を置いとくなんて」

「まあ確かにな」

と、国友は肯いた。

「武田沙紀さんの親しかった同僚っていって、あの人を教えてくれたのは誰？」

「ええと……」

国友は手帳を開けて、「〈Kプロダクツ〉の淡谷って部長だ」

「他の会社の人？」

「元〈K製薬〉にいて、系列の会社へ移ったんだ。武田沙紀が勤めていたときの上司だった」

と、国友は言って、「すると……」

「その淡谷って人も怪しいわ」

と、夕里子は言った。「〈K製薬〉の他の社員にも当ってみた方がいいわね」

国友は苦笑して、

「君は僕の仕事を増やしてくれるね」

「失業させないようにしてるのよ」

と、夕里子は微笑んだ。


「もしもし、淡谷さんですか？」

と、夏目ユリは言った。「夏目です。――ええ、今、刑事さんと話して来ました」

「そうか、どうだった？」

と、淡谷が言った。

「うまくやりましたよ。武田沙紀の相談相手になってた親友ってことでね」

夏目ユリはオフィスの空いた会議室でケータイを使っていた。

「よし。よくやってくれた」

「あの、ちゃんとお礼は――」

「分ってる。すぐに振り込むよ、百万円」

「よろしく」

通話を切ると、夏目ユリは、ちょっと口もとに笑みを浮かべて、

「あのケチが、百万円も出すんだからね！　大方スポンサーが付いてるのよね」

簡単に百万円出すのなら、ちょっとごねてやれば一千万は出すかもしれない。

「これじゃ終らせないわよ」

と呟くと、ユリはケータイをポケットへ入れて、会議室を出て行った。


「やっぱり、新車をお買いになるんでしたらデラックスタイプの方が！」

セールスマンらしい滑らかな声が、マンションのロビーに響いていた。

ロビーへ入って来た北抜緑は、足を止めた。

ロビーの隅に、ちょっとした応接セットが置かれていて、今そこで話しているのはここの管理人、会田《あいだ》だった。

「――あ、どうも」

会田はすぐ緑に気付いて立ち上った。

「何か預かっている物とか、ありますか？」

と、緑は訊いた。

「いえ、何もございません」

「そうですか」

緑は肯いて、オートロックの扉の方へと歩いて行った。

エレベーターに乗る緑の耳に、会田と話していたセールスマンの声が聞こえて来た。

「お値引きの件についてでございますが……」

七階でエレベーターを降りると、緑は〈702〉の部屋の鍵を開け、中に入って行った。

緑は、寝室の入口に立って、ベッドを少しの間、眺めた。

あそこで、武田沙紀が殺されていたのだ。

君塚ゆかりに頼まれて力を貸すことにしたとき、緑は重大な選択をしていたのだ。犯罪に手を貸す。——まさか、自分がそんなことをするとは、思ってもいなかった。

「今さら……」

と、緑は呟いた。「今さら、引き返せないわ」

君塚ゆかりが、政界に深いつながりを持っていること、それがどこまで効果を発揮するかに、運命がかかっている。

緑は、居間へ戻ると、ケータイを取り出した。今、ゆかりはランチを取っているはずだ。

ゆかりのケータイへかけると、じきに出た。

「先生、お食事中申し訳ありません」

「ああ、いいのよ。ちょっと待って」

ゆかりが席を立って、人に聞かれない所へ移動しているのが分る。

「――もしもし」

「先生、今、大丈夫ですか」

「今、マンション？　何か変ったことは？」

と、ゆかりが言った。

「〈702〉の方は、変りありません」

「そう。あの松木って男はまだ見付かってないのね」

「そのようです。――実は一つ気になることが」

「何？」

「ここの管理人です。会田という人ですが」

「話をつけたでしょ？」

「はい。松木の部屋に武田沙紀が住んでた、と証言させました」

「それで？」

「口止め料を払ったんですが……。今、ロビーに車のセールスマンが来て、会田と話していました」

「車のセールスマン？」

「新車を買うつもりのようです」

少し間があって、

「うちで渡したお金ね」

「ええ。目立つような使い方をしないようにと念を押しておいたのですけれど……」

「怪しまれる？」

「もし、警察が疑い出したら、何もかも台なしです」

「そうね……。何かいい手は？」

「今さら忠告しても、聞かないでしょう。マンションの管理人なんて、高給取りではありませんから、急に新車を買うとなれば、目を引きます」

「困ったわね……」

と、ゆかりはため息をついた。

「先生、ここの管理会社の人をご存知ですか？」

「もちろん。社長は確か稲川先生の友だちだわ」

あの元大臣のことだ。

「では、その社長に話して、会田をどこかへ飛ばしてしまっては？　関連会社とか、できるだけ遠くへ」

「そうね。それはいいかもしれない」

「今、警察は松木を追っています。会田のことに多少疑いを持っても、追跡するほどのことはしないと思うんです」

「分ったわ。——早い方がいいわね」

と、ゆかりは言った。「すぐに手を打つわ」

「よろしくお願いします」

「あ、待って」

と、少し間があって、「稲川先生、確か今日は経団連の人たちとシンポジウムに出てる」

「では連絡が――」

「そうね……。ただ、妙なことを頼むと、稲川先生に弱味を握られるわ。それもできれば避けたいのよ」

「でも、差し迫っていますから……」

「分ってる。――少し考えさせて。何か他につてがないか、考えてみる」

緑は少し迷ったが、

「分りました。こちらは様子を見ています」

「お願いね。――あ、それから誕生会のことだけど、スピーチお願いした方は、みんなご返事あった？」

「あと二人です。まず大丈夫だと思いますが」

「そう。あなたに任せておけば安心だわ」

と、ゆかりは言った。「ね、秀哉のこと、何も分らない？」

「今はまだ……。何しろあまり目立つことはできませんので」

「そうね……。連絡ぐらいして来ればいいのに」

と、ゆかりはため息をついた。「じゃ、後でね」

「三時には参ります」

緑は通話を切ると、「――一応は母親なのね」

と呟いた。

緑は〈702〉を出て、エレベーターで一階へ下りた。

エレベーターの扉が開くと、

「では、ご試乗の手配をしてお待ちしております！」

と、あのセールスマンの声が聞こえた。

緑はロビーへ出て行こうとして足を止めた。

ロビーに誰か男が一人立っている。

セールスマンの帰るのを待っているという様子だ。

会田は、分厚い車のパンフレットを楽しげに手に取って立ち上ると、

「――何かご用で？」

と、その男へ声をかけた。

「昨日お話を伺った警察の者です」

と、男が言った。

「あ……。こりゃ失礼！　お顔を忘れてしまって」

「国友といいます」

「ああ、そうでした！　思い出しましたよ。何かご用で？」

緑は、エレベーターの前に立っていたが、オートロックのガラス扉があるだけなので、ずっとここに立っていては、国友という刑事が変に思うだろう。

「松木の部屋にずっと武田沙紀さんは暮していたとおっしゃいましたね」

「え、ええ、そうですよ」

「どうも納得できないことがありましてね……」

二人が椅子にかける。

緑は、国友がこっちへ向いて座るのを見て仕方なくロビーへ出て行った。国友はもう緑がいることに気付いていたようだ。

「――失礼します」

黙って行くのもおかしいので、会田に声をかけた。

「どうも。――先生によろしく」

と、会田が腰を浮かす。

余計なことを言って！

「すみません」

と、国友が立ち上って、「ここにお住いの方ですか？」

「いえ、違います。知人がいて」

「そうですか。ここへはよくおいでに？」

緑は、会田の言葉をこの刑事がしっかり聞いていると悟った。

いい加減な返事をすれば、怪しまれそうだ。

「ごくたまに、ですわ」

と、緑は言った。

「警察の者ですが、昨日こちらで殺人事件がありまして」

「ええ、ニュースで見て、びっくりしました」

「殺された武田沙紀という女性をご存知でしたか？」

「いえ、たぶん会ったことがないと思います」

「容疑者の松木浩一郎のことは？」

「残念ですけど……。そういつも立ち寄っているわけではございませんので」

「そうですね。失礼しました」

「いいえ、ご苦労さまです」

緑は会釈《えしやく》して、ごく普通の足どりでマンションを出た。本当なら、会田と刑事の話を聞いていたいが、そうはいかない。

——何とかしなくては。

緑はタクシーを停めながら、そう考えていた……。

10　罪人

「三輪茜さんが？」

と、綾子は目を丸くして、「まさか！」

「――しかし、アパートの住人が、間違いなく見てるんだよ」

と、国友は言った。「三輪茜の部屋に、松木がいるのをね」

「茜さんが……」

「三輪茜って、電話で話した相手だね」

「ええ、そうよ。とってもよくできた人で、私にも親切だった……」

「松木と特に親しかった？」

「さあ……」

珠美が、

「そういうこと、綾子姉ちゃんに訊いてもむだ」

と言った。「およそ、ピンと来ない人だから」

国友は佐々本家に寄っていた。――夕里子が出前を取って、夕食にするところだ。

「でも、分るわ」

と、綾子が言った。「松木さんが、誰か匿まってくれそうな人の所へ行こうと思ったら、茜さんを選ぶ。それに茜さんは、そうやって頼られたら、追い返せない人」

「しかし、殺人犯と職場から逃亡するというのはね……」

「どこへ逃げたんだろ」

「ロッカーの私物も持って行っていない。パトカーのサイレンを聞いて、あわてて逃げたとしか思えないんだ。松木らしい男を見たという人もいる」

「ドラマチックね！」

と、珠美が言った。「手に手を取って、逃避行なんて！」

「ちっとも楽しくないと思うわよ」

と、夕里子が言った。

「そうかなあ。ケータイとゲーム機があれば、私、平気だな」

「あんたは呑気でいいわね。——あ、来た」

頼んだ出前の夕食、夕里子がお金を払っていると、そばへ来た珠美が、

「間違えないでよ。ちゃんとおつりもらった？」

「当り前でしょ。ほら、運ぶの手伝って」

出前といっても、今はこうして中華料理のメニューを選んで頼める便利さだ。

「——はい、私、チャーハン」

「分けて食べるのよ」

「シューマイ、割り切れない」

と、少々みっともないもめ方をして、やっと食べ始める。

「国友さん、四分の一、払ってね」

と、珠美が言うと、

「やめなさい！」

と、夕里子がにらんだ。

「はい。おーこわ。冗談よ」

「いやいや、いつもごちそうになるわけにゃいかないからな。今度、ちゃんとおごるからね」

「国友さん、いいのよ。別に私たちの稼ぎじゃないんだから」

と、夕里子が言った。

「でも……やっぱりおかしい」

と、綾子が言った。

「ほら、綾子姉ちゃんも、国友さん、タダっておかしいって言ってる」

「何の話？　私が言ってるのは、松木さんのこと」

「うん、その点は僕も思ってる」

と、国友が言った。「どう考えても、松木が武田沙紀をあそこに置いとく理由がない。単に同棲してただけなら、彼女がどうして会社を辞めたのか……」

「よく調べた方がいいわ」

「うん。しかし、もう松木を手配して、捜査方針が決っちゃってるからね」

「茜さん、ケータイも持ってないのね」

と、綾子は言った。「連絡取れたら、相談に乗るのに」

「あ、お姉さんのケータイだよ」

と、夕里子が言った。「その茜さんからかもしれないわよ」

「やめてよ」

綾子は席を立って、居間のソファにおいてあるバッグから、鳴っているケータイを取り出した。

「——はい、もしもし、佐々本です」

「綾子さん？　私、三輪茜よ」

「え？」

綾子は愕然とした。「本当に茜さん？」

国友がびっくりして立ち上る。

「——公衆電話からかけてるの。心配かけてごめんなさい」

「あの——松木チーフと一緒なんですか？」

少し間があって、

「ええ、そうなの」

と、茜は言った。「でも、成り行きで、どうしようもなかったの。本当よ」

「分ります。私も、いつも成り行き任せですから」

聞いていた夕里子が、

「そんなこと自慢になんないでしょ」

と呟いた……。

「あなたに迷惑かけちゃいけないと思ったんだけど……」

　と、茜は言った。「でも、誰に連絡したらいいか、考えたら、どうしてもあなたのことしか思い出さなかったの」

「嬉しいです、思い出してくれて」

　と、綾子が言った。

「そう言ってくれると……。ね、綾子さん、決してあなたのことは口にしないから、お願い。私たちのこと、助けてくれないかしら？」

「あの——何をすればいいんですか？」

「少し……お金を貸してほしいの。必ず返す——と言ったって、捕まったら返せないかもしれないけど」

「分りました。いくらぐらいあれば？」

「少し列車で遠くへ行って、後は何とかして食べて行くつもりなの。二、三万円あれば」

「いいですよ。どこへ持って行けば？」

「今夜、来られる？　S公園の池の辺りにいるわ」

「分りました」

「じゃあ……夜中の十二時に」

「行きます。――茜さん、信じてますから」

「え？」

「茜さん、一人じゃありませんからね」

「ありがとう……」

茜は少し涙ぐんでいた。

電話を切って、公衆電話のボックスを出る。

コンビニで買った弁当の入った袋をさげて、茜は小走りに急いだ。

S公園から近いビジネスホテルに、松木と二人、入っていた。

車でここへ連れて来てくれたのは、〈Sストア〉の部長、皆川である。フロントは無人で、料金は皆川が現金で精算機に払ってくれた。

皆川はそのまま車で他の店へと回って行った。

ホテルの入口を入ると、いきなり腕をつかまれ、茜はギョッとした。

「――皆川さん」

「どこへ行ってたんだ！　見付かるぞ」

と、皆川治が言った。

「あの——食べるものを。コンビニへ行ってました」

「言ってくれれば、僕が買って来るのに！」

「いけません」

茜は目を伏せて、「松木さんとも話したんです。皆川さんは、〈Sストア〉を将来任される人です。私たちと係《かかわ》ったって分ったら、警察に——」

「そんなこと、承知だよ。僕は子供じゃない」

「でも、いけません。もう、充分に助けていただきました。後は私たちで何とかします」

皆川はしばらく黙っていたが、

「——分った」

と、微笑んで、「君らしい言い方だ。そういう君が好きなんだよ」

「私なんか……」

「さあ、早く部屋へ。人に見られる」

「はい。——ありがとうございました」

茜はエレベーターに乗って、扉が閉るまで頭を下げていた……。

狭い部屋である。

小さな丸テーブルを挟んで、椅子とベッドに座って、松木と茜は弁当を食べていた。

「——旨《うま》かった」

ベッドに腰かけた松木が言った。

「そんなに急いで食べなくても」

と、茜は笑って、「私、まだ半分も食べてない」

「ゆっくり食べてくれ」

松木はペットボトルのお茶を飲んで、息をついた。

「夜中まで時間があるわ」

と、茜が言った。「松木さん、少し眠ったら？」

「いや、大丈夫。君こそ、疲れてるだろ」

「私は——車の床に座ってたから、お尻が痛いだけ」

と、茜は言って、「公園には私一人で行って来るから。二人じゃ目立つものね」

「三輪君……」

松木は食べ終った弁当を袋へ入れて、

「君を巻き添えにはできない。もう、これ以上一緒に行動するのはよそう」

と言った。

「松木さん――」

「一時は一緒に逃げたけど、やっぱり怖くなって別れた、と言えば、大した罪にはならないよ。あの――佐々本君だっけ。あの子にも迷惑がかかる」

「もうその話はよして。こうなっちゃったんだもの」

「いや……。まだ間に合うよ。何なら、君が警察へ通報してもいい。どうせいずれは捕まるんだ。それで君の罪が帳消しになれば……」

「そんなことするくらいなら、あなたをアパートから叩き出してたわ」

「でも、たぶん……。僕はやってないんだ。きっと、もう一度調べてくれれば、無実だってことが分るよ」

「呑気ねえ。指名手配されてるのに」

「だけどさ……」

茜は弁当を食べ終ると、少し考えて、

「それなら、ちゃんと自首する方がいいわ、逃げて捕まるより。何もしてないって主張するのならね」

「うん……。そうだな」

「ともかく、見ず知らずの女性がどうしてあなたの部屋で殺されてたの？」

「それが分りゃ苦労しないよ」

と、松木は言って、「——待てよ」

「どうしたの？」

「あの女……。会ったことがあるぞ」

「どこで？」

「あのマンションさ。確か——いつか夜遅く帰ったとき、ちょうどタクシーが停って、あの女が降りて来た。一緒にエレベーターに乗ったよ」

「どの階で降りた？」

「それは憶えてないな。ともかく、僕が降りたとき、まだ乗ってたから、六階以上だってことは確かだ」

「もっと早く言えばいいのに！」

「思い出さなかったんだよ！　何しろベッドで殺されてる顔しか見なかったんだ。いつか会ったのと同じ女だとは気が付かなかった」

「じゃ、あのマンションの他の部屋にいる人なの？」

「たぶん……。タクシーから降りて来た印象は、そうだった」

「でも、それなら分りそうよね。――誰かがあなたに罪を着せようとしたんだったら……」

「しかし、一体どうして？　僕がそんなに恨まれてたとは思えないよ」

と、松木はため息をついた。

「初めから、逃げたりしなきゃ良かったのよ」

「そう言われると……。でも、あのときはもう夢中だったんだ」

「分るわ」

茜は松木の手に自分の手を重ねた。「あなたはいい人だものね。――でも、優柔不断が欠点」

「三輪君……」

「――さて、と」

茜は立ち上った。「私、お風呂に入ろうかしら。着替えはないけど、ぜいたくは言えないわ」

「ああ……。僕、部屋を出てようか？」

「だめよ。誰に見られるか分らない。向う向いててくれればいいわ」

「分った」

松木はベッドの上にあぐらをかくと、クルッと回って、茜の方へ背を向けた。茜はちょっと笑って、服を脱ぎ始めた。


「あと十五分だ」

車をS公園の少し手前に停めて、国友が言った。

助手席の夕里子は後ろの座席を振り向いて、

「お姉さん、決心ついた？」

と訊いた。

「そう言われても……」

綾子はふくれっつらで言った。

「まあ、綾子君の気持は分るよ」

と、国友は言った。「しかし、僕も聞いちまった以上はね……」

「国友さん、眠ってたことにしてくれれば良かったのに」

「お姉さん、無茶言わないで」

と、夕里子が言った。

「ジャンケンしたら？」

と、珠美が言った。

「——私、茜さんと約束したんだもの。助けるって」

「分った」

と、国友は言った。「それじゃ、こうしよう。綾子君が三輪茜と会っているとき、僕は公園の外にいる。綾子君が出て来たら、僕は公園に入る。——三輪茜に逃げられてしまう可能性はあるが、その責任は僕が取る」

「もし松木さんが一緒にいたら？」

「それでも待ってるよ、外で。それでいいかい？」

「分ったわ」

と、綾子は渋々肯いた。

「あと十分。——もう行く？」

と、夕里子は時計を見て、「私も行くわ」

「私も！」

と、珠美が言った。

「あんたはここで待ってなさい」

「いやだ！　連れてかないんだったら、車のクラクション、思い切り鳴らしてやる」

「分ったわよ。あんた、やりかねないからね」

「当然でしょ」

四人は車を出た。

S公園の入口に来て、

「じゃ、この先は綾子君一人で」

と、国友が言った。

「うん」

「お姉さん、茜さんに、自首を勧めてね」

「一応言ってみる」

「お金、持った？」

「持ってるわよ」

綾子は公園の中へ入って行った。

緑の多い、かなり広い公園なので、待ち合せた池は、入口からは見えない。

「――ごめんね、国友さん、無理させて」

と、夕里子が言った。

「いや、綾子君の気持を尊重しなきゃね」

国友は周囲を見回して、「三輪茜がここから入って行く可能性もあるな。傍《かたわら》へどいていよう」

三人は、公園の入口から離れて、中の木立が作る暗がりの中に立った。街灯の光が、ちょうど木で遮られている。

「S公園は出入口が四つあるんだ」

と、国友は言った。「どこから来るか、四つは見張れないしね」

「あと五分……」

と、夕里子が言った。

――綾子は公園の中を歩いて行った。

夜はずいぶん肌寒くなるので、さすがにベンチに恋人たちの姿はない。

代りに、丸くなって、毛布やコートをかぶって寝ているホームレスの姿が、チラホラ目についた。

「よく風邪ひかないわね」

こんなときなのに、妙なことに感心している綾子だった……。

池へやって来ると、周囲を見渡す。

まだ三輪茜は来ていないようだ。綾子は池の前に立った。

池の辺りは街灯の明りで充分に明るい。

腕時計を見ると、ちょうど時間だった。茜は時間にも正確な、几帳面《きちようめん》な人だから、遅れることはないだろう。

腕時計から目を上げると、正にそのタイミングで、足早に池の方へやって来る三輪茜の姿が見えた。

綾子は、まるでショッピングの待ち合せでもしてるみたいに、手を振った。

「——綾子さん！　来てくれたのね」

「だって、そう約束したじゃありませんか」

「そりゃあそうだけど……。ごめんなさい」

と、茜はちょっと涙ぐんで、「力になってくれる人なんて、本当に誰もいないんだもの」

「私、茜さんの味方です」

と、綾子は言って、「忘れない内に……」

と、バッグから封筒を取り出して渡す。

「ありがとう。恩に着るわ」

と、受け取った封筒を手に、拝むように頭を下げた。

「やめて下さいよ。——でも、茜さん、このまま逃げて、どうするんですか?」

「私にも分らない。大体、私、松木さんの恋人でもないのに、どうしてこんなことになっちゃったのか……」

「どうするかは、もちろん茜さんの決めることですけど、どんどん悪い方へ行っちゃうような……。いきさつを警察の人に話したらどうですか? 私、親しくしてる刑事さんがいて、その人は決して松木さんを頭から犯人と決めてかかったりしません。ちゃんと話を聞いてくれますよ」

綾子としては、格段に説得力のある話し方だった。茜も動揺して、

「ええ……。私も、これで逃げ切れるとは思ってないけど……」

「悪いこともしてないのに、逃げる必要なんてないじゃありませんか」

「そう言われれば……。でも、松木さんと話してみないと」

「話し合って下さい! このままじゃ、本当に犯人にされますよ」

弁舌爽やかとはいかないが、少なくとも誠意は溢《あふ》れるほどの綾子の言葉に、茜は肯いて、

「本当にそうね……。ええ、私、松木さんを説得してみようと思うわ」

と言った。

そのとき、

「――佐々本君か」

と、声がした。

「あ……」

当の松木がやって来たのである。

「来たの？」

「君に任せて、一人で待ってるなんて、卑怯《ひきょう》だからな」

と、松木は言って、「佐々本君、すまないね」

「いいえ」

「ね、今綾子さんと話してたんだけど――」

と、茜が松木に言いかけたときだった。

あちこちのベンチで寝ていたホームレスが一斉に起き上って、綾子たちの方へやって来ると、

「引っかかったな」

と、一人が言った。「逮捕する」

「そんな――」

綾子が愕然として、「約束が違うわ！」

「ご苦労さん」

と、女性の刑事が、茜の肩を叩いて、「うまくやってくれたわね」

茜はわけが分らない様子で、呆然と立ちすくんでいた。

「三輪君……」

松木がよろけて、「そうだったのか」

「違うわ！　私は知らない！」

と、茜は叫ぶように言った。

「もう観念しろ」

刑事が松木の手に手錠をかけようとした。

「いやだ！」

松木が刑事の手を振り離し、「僕は何もしてない！」

と言うなり、茜を突き飛ばして、駆け出した。

茜は女性の刑事にぶつかって、一緒に転んだ。松木が必死で逃げる。

「待て！」

刑事たちは、まさか松木が逃げるとは思っていなかったらしい。あわてて後を追った。

「——松木さん！」

茜が立ち上ると、松木を追って行こうとした。女刑事が茜の腕をつかんで、

「待ちなさい！」

と引張った。

「放してよ！」

茜が手を振り回した。その手が女刑事の頬を強く打った。

「何するの！」

「邪魔しないで！」

茜は女刑事を突き飛ばした。そして、松木の後を追って駆け出して行った。

——綾子がポカンとして突っ立っていると、

「お姉さん！」

夕里子と珠美、それに国友の三人が走って来る。

「——何の騒ぎ？」

と、夕里子が訊いた。

「刑事が待ってたの」

「え？」

夕里子が国友を見る。

「僕は知らないよ！　本当だ」

と、国友があわてて言った。

「じゃ、松木さん、捕まったの？」

「分らない。あっちへ逃げてった」

と、綾子は指さして、「茜さんも追いかけて行ったわ」

「どういうことなんだ？」

国友が首を振って、「ともかく僕も行ってみる。ここにいてくれ」

国友が走って行くと、

「妙だったわ」

と、綾子は言った。「あの刑事さんたちの言い方だと、茜さんが通報してたみたいだった」

「そんなこと……」

「絶対ない！」

と、綾子は断言した。

「分んないよ。賞金もらえるんだったら」

と、珠美が言った。「人間、最後はお金だからね」

「あんたは……」

と、夕里子は顔をしかめたが、「——お姉さん、あの人、どうしたの？」

「誰のこと？」

「あそこで寝てる人」

夕里子が指さしたのは、歩道の端の植込みのそばで倒れている女性。

「あの人、女刑事さんだわ。茜さんを止めようとしてね。茜さんが突き飛ばしたの」

「どこかに頭でもぶつけたのかしら？　気絶してるみたいよ」

夕里子は倒れている女刑事へと近付いた。

「でも、あの二人、逃げられたのかしら？」

と、綾子が呟いていると、

「お姉さん」

夕里子の声はこわばっていた。

「どうしたの？」

「この人……死んでるよ」

と、夕里子は言った。

11　間違い続き

「人違いだった、ってどういうこと？」

と、夕里子はお茶を出す手を止めて言った。

「偶然だったんだ」

と、国友がくたびれ切った様子で、「あのとき、公園の池の前で、十二時に麻薬の受け渡しがあるって情報が入って、ホームレスに見せかけて刑事たちが張り込んでたんだ」

「じゃあ……松木さんを逮捕しようとしてたわけじゃないの？」

「そうなんだ。担当が違うから、まるで気付かなかった。まさか手配中の人間が現われるなんて」

「でも、茜さんのことは……」

と、綾子が言った。

「うん、麻薬のことを通報して来たのが女だったそうだ。だからあそこで三輪茜が松木と話してるのを見て、張り込んでた刑事たちは、てっきり麻薬を渡そうとしてると思い込んだ」

「それで茜さんに『ご苦労さん』なんて言ったのね」

「でも、松木さんを逃がしちゃったなんて、刑事のくせに」

と、珠美が言った。

「うん。現われるはずだった男は、麻薬中毒で、逃げるような体力はないと思われてた。だから、刑事たちも面食らって、追いかけるのが遅れたらしい」

「で――結局、松木さんも茜さんも逃げちゃった」

と、夕里子は言った。「しかも……」

「全く、ツイてないってことはあるんだな」

と、国友はため息をついて、「止めようとした女刑事を突き飛ばしただけなのに、たまたま、道沿いの縁石に頭をぶつけて……。もちろん、三輪茜に殺意がなかったことは分ってるが、事故とは言えない」

「茜さんが悪いんじゃないわ」

と、綾子は抗議した。

「しかし、担当の刑事たちは怒ってるよ。仲間が死んじまったんだからな」

「もともと現われるはずだった人は？」

「うん、男の方は何となく公園の雰囲気で、張り込んでると察して、引き返したんだ。女は待ち合せの時間を勘違いしていて、ずっと後になってやって来たらしいよ」

「――茜さん、もともと何もしてないのに！」

と、綾子が頭を抱えた。「松木さんを匿《かくま》って、一緒に追われて、今度は殺人犯？」

「気の毒だが、一日も早く出頭して、素直に事情を話してくれるのが一番だ。――綾子君、もしまた三輪茜から連絡があったら、そう言ってやってくれ」

「言ってみるけど……」

「僕の方に連絡させてくれ。付き添って出頭させるよ。今はそれしかない」

と、国友は言った……。


どうして？　――どうしてこんなことになったの？

三輪茜は、全身の力が抜けて、ただ力なくベッドに腰かけていた。立ち上る気力もない。

逃げる松木と、追いかける刑事たちの後から駆けて行った茜だが、結局、追いつくことはできず、二人で泊っていたホテルに戻っていた。

そして、松木がどうなったのかと心配で、TVを点けてみたのだが……。

信じられないニュースが流れていた。

あの公園で、茜が突き飛ばした女性刑事が、頭を強く打って死んでしまったのである。茜は、これが現実の出来事とは思えなかった。

「これは悪い夢なんだわ……」

と、自分へ言い聞かせてみても、TV画面に映し出された、松木と、茜自身の写真は、消えてなくなりはしなかった。

TVでは、ニュースが終って、サスペンス物のドラマが始まっていた。平凡なサラリーマンが、殺人事件に巻き込まれ、恋人に裏切られたと知る。

茜は、男が怒りに任せて恋人の首を絞める場面をとても見ていられず、TVを消した。

「松木さん……」

きっと、私が裏切ったと思っているだろう。

警察へ通報したと思い込んでいるに違いない。しかし、どうやったら誤解をとくことができるだろうか？

ともかく、松木と連絡が取れない以上、説明することもできないのだ。

ＴＶが消えて静かになると、茜はふとドアの方へ目をやった。

物音がしたような気がする。――もしかすると、茜の居場所を突き止めた警察かもしれない。

でも――もしかしたら、松木が行き場を失って戻って来たのかもしれない、とも思えた。

もし警察だとしても、今さら逃げようがないのだ。茜は覚悟を決めて、息を吸い込むと、パッとドアを開けた。

「――まあ」

と、茜は言った。「部長さん」

立っていたのは、皆川治だったのである。

「君、一人か」

「ええ……」

エレベーターの方で、男女の話し声がしたので、茜は急いで皆川を部屋の中へ入れた。

「松木君は？」

「分りません」

と、茜は首を振って、「皆川さん……。親切にしていただいて、感謝しています。でも、ご存知ないんですか？」

「君が刑事を死なせたことだろ？　ニュースで見たよ」

「もう終りです……。つくづくツイてないんですわ、私」

「確かにね。しかし、嘆いてたって仕方ない。君には罪はないんだ。過失なんだよ」

「それで通用するとは思えません」

「ともかく自首して出よう。僕がついて行ってあげるから」

と、皆川は茜の腕を取った。

「いけません。部長さん――皆川さんは、こんなことに係り合っちゃいけないんです」

と、茜は言ったが、皆川の手を振り放す力が出なかった。

「君を助けてあげたいんだ。あの松木君と、これ以上係っちゃいけない。今なら、警察で正直に話せば――」

「無理です。刑事を死なせたんですよ。——お願いです。皆川さん、もう私のことなんか忘れて下さい。私も、捕まったとき、絶対にお名前は出しませんから」

「君……松木君を愛してるのか」

茜は当惑した。そんなこと、考えたこともなかった。

「愛だの恋だのって気持じゃありません。ただ、仕事の場で松木さんを見ていて、愛人を囲っておいて殺すなんて、あり得ないと思ったんで、アパートに入れたんです」

「だが、現実に、逃亡してるじゃないか」

「それは……」

皆川はいきなり茜を抱きしめて、唇を奪った。茜は皆川を押しやろうとしたが、その力はすぐに抜けた。

情《なさけ》なくて、やり切れなくて、今は目の前の男にすがりつきたかった。

「皆川さん……」

ベッドに押し倒されると、もう茜は逆らわなかった……。


どれくらいの時間がたったろう。

茜は、暗い部屋の中で、皆川の腕に抱かれて息づいていた。

「僕に任せればいいんだよ」

と、皆川は言った。「分った？」

茜は肯いた。今はどんなものにでも、すがりたかった。

「松木のことは忘れるんだ」

と、皆川は言った。「もし、彼が殺人犯でないのなら、いずれ犯人は分るさ」

「ええ……。そうですね」

「それを調べるのは、警察の仕事だ。君が心配することはないんだよ」

「はい」

素直に肯いて、茜は皆川に力一杯抱きつくと、「私を見捨てないで」

と、囁《ささや》いた。

「当り前さ」

皆川は茜を下に組み敷いて、唇を這わせた。

茜はじっと目を閉じて、されるままになっていたが――。

ふと、人の気配を感じて目を開けると、松木の顔が見えた。一瞬、幻を見たのかと思った。しかし、それは現実だった。

「松木さん！」

松木もこの部屋のカードキーを持っていたことを思い出した。

皆川が動きを止め、体を起こす。

「――こういうことだったのか！」

と、松木が呻くように言うと、「畜生！」

「松木さん！　やめて！」

茜が叫んだときには、松木が皆川に飛びかかって、両手をその首にかけていた。

「畜生……畜生……」

松木はそうくり返しながら、皆川の首を絞めていた。皆川も裸でなければ争えたのだろうが、一瞬のためらいが動きを鈍らせたのだった。

「やめて！　やめて……。お願い、やめて……」

茜は裸のままベッドに起き上って、泣きながら訴えかけていた。しかし、松木の耳には入らなかったのだろう、皆川の首を絞める指先は、力を込め続けた。そして……。

皆川がぐったりと両手を落とすと、松木は初めて自分のしていることに気付いた様子で、皆川の首から手を離し、肩で息をつくと、呆然として、皆川と茜を交互に眺めていた……。

「どうして……」

茜は絞り出すように言った。「どうして私を殺さないのよ！」

「君は……」

ハッと茜は顔を上げた。

「――パトカーだわ」

サイレンが聞こえた。近付いて来る。

「僕を捕まえに来たんだ」

「松木さん！　しっかりして！」

茜はベッドの下に散らばっていた服を拾い集めて、急いで身につけると、

「逃げるのよ！」

と、松木の手をつかんだ。「さあ！　早く！」

サイレンは、もう聞こえなかった。

「パトカー、あのホテルに行ったのかな……」

と、松木が言った。

「さあ」

茜は肩をすくめた。――もう、どうでもいいという気がした。

「そんなことだったのか……」

と、松木は言った。「知らなかった……」

「もう遅いわ」

松木と茜はホテルから逃げ出して、どこの辺りとも知れない、アパートの並ぶ夜道を辿り、小さな公園の中のベンチに座っていた。

夜気は冷たく、夜明けにはまだ少し間があるようだ。

松木は、あのS公園の池の前での出来事を、茜から初めて聞かされたのである。

「すまない……」

松木は頭を抱えた。「あのときは、もう何が何だか分らなかったんだ」

「私だってびっくりしたわ」

と、茜は言った。「だけど、あなたのことを密告するつもりなら、何もあんな所でなくたって……。あなたはホテルにいると思ってたんだもの」

「そう言われてみれば、そうだな」

「何もしてないのに……。逃げるようなこと、してなかったのに。――今は本当の殺人犯だわ。しかも刑事を」

「僕も……皆川さんを」

「どうしてこんなことになったの？」

松木に訊いているのでも、自分へ問いかけているのでもなかった。

二人とも、答えられるわけがなかった。ただ、「不幸な間違い」が重なった、としか言えないのだ。

「これからどうしよう？」

と、松木は言った。

「もう、いくら自分が犯人じゃないと言っても、信じてもらえないわね」

「それじゃ……」

「綾子さんから借りたお金があるわ。――電車が動くのを待って、これで行ける所まで行きましょう」

「うん……」

「どこか、山のある駅まで。山の中へ入って、一緒に死ぬの」

「三輪君――」

「どうあがいたって、私たち、底なしの沼にはまったようなものよ。何とかしようと焦れば焦るほど、深く沈んで行ってしまうのよ」

「君だけは……何とか生きてほしかった」

「勝手なこと言って」

茜はちょっと笑った。

「全くだな」

と、松木も笑って、「しかし、君だって、皆川さんとあんなこと……」

「あなたは手も出さなかったじゃないの。私、抱いてほしかったのに」

「そんなこと、君はひと言も——」

「言えやしないでしょ！」

と、茜は松木をにらんだ。

「すまない。——察しが悪いんだ、僕は」

「本当よ」

二人はしばらく黙っていた。

やがて、どちらからともなく、二人の手が重なった。そして、唇が触れ合った
……。

「——寒いわね」

茜は松木の方へすり寄った。

「うん……。どこか暖まれる所、ないかな」

「今さらホテルになんか泊れないわ」

「そうだな」

「こうして、じっとしてましょ。体をぴったりくっつけてれば、少しはあったかいわ」

しかし――そうはいかなかった。

「まあ」

と、茜は言った。「雨だわ」

雨が降り出し、二人はあわてて公園を出たが、雨をよける軒先というものがない。たちまち二人は雨に濡れてしまった。しかも、雨は本降りになり、当分止む気配はなかったのである……。

12　仮の宿

綾子はガバッと起き上った。

「――誰？」

と呼んでみる。「誰なの？」

返事はなかった。

部屋の中には――誰もいない。

綾子はベッドから出ると、自分の部屋を出て、廊下を見回した。

隣のドアが開いて、

「どうしたの？」

と、夕里子が眠そうな声を出す。

「夕里子、あんたも聞いたの？　あの声」

「あの声って……」

「誰かいたのよ。確かに聞いたもの。誰かが、『そんなことしちゃだめ！』って言ったの」

と、綾子は言った。「でも、私が目を覚まして、部屋の中を見回すと、誰もいなかった。きっと、どこかに隠れてるんだわ」

「お姉さん……」

「いえ、私の部屋の中かもしれないわね！　洋服ダンスの中とか、机の下とか……」

綾子はブルブルッと頭を振ると、「バットあったっけ？　武器がないと、いざってときに——」

「お姉さん」

と、夕里子は大欠伸しながら、綾子の肩を叩いた。

「何よ」

「あのね、私もちゃんと聞いたけど、『そんなことしちゃだめ！』って言ったのはね、お姉さん自身」

綾子は顔をしかめて、

「そんなわけないじゃないの！　私はそれで目を覚まして——」

「だからね、『そんなことしちゃだめ！』っていうのは、お姉さんの寝言。それを聞いて、自分でびっくりして起きたのよ」

綾子は目をパチクリさせて、

「私が？　自分の声で起きた？」

「初めてってわけじゃないでしょ」

「まあ……ね」

言われてみればそんな気もする。

「——じゃ、おやすみ」

と、夕里子がまた欠伸しながら自分の部屋へ戻ろうとする。

「思い出したわ」

と、綾子が言った。「夢を見たの。——茜さんと松木さんが現われてね。二人でこれからどこかへ行って死ぬ、って言ったのよ」

「それで寝言を言ったのね」

「ああ……。びっくりした」

「自分の寝言でびっくりするなんて、お姉さんくらいよ。——じゃ、おやすみ」

夕里子は手を振って、自分の部屋へと消えた。

綾子は、何だかすっかり目も覚めてしまって、廊下にぼんやり立っていたが……。

「馬鹿らしい、寝よ」

と呟いて、自分の部屋へ戻って行った。

ベッドへ入りながら、

「でも、どうしてあんな夢を見たんだろ？　もちろん、茜さんたちのことを心配してるからだけど」

と呟く。

そして布団に潜り込んだが――。

「そうだわ」

ケータイに電話がかかって来たのだ。もちろん、夢の中だが。

そして、茜さんが、

「雨でびしょ濡れになってて、行く所もないの。お願い。朝まで置いてくれる？」

と、切々と訴えるような口調で……。

綾子は、その茜の声もはっきりと思い出した。ともかく、凄くはっきりした夢だった……。

そして綾子が、

「朝になったらどうするんですか？」

と訊くと、茜が、

「どこか遠くへ行って、二人で死ぬの」

と答えたので、

「そんなことしちゃだめ！」

と叫んだのだった。

そう。ずいぶんはっきり思い出したわ。私の記憶力も大したもんね。

綾子は目をつぶったが——。

「——え？」

あれって、本当だった？

もしかすると……。ケータイは本当に鳴って、綾子は寝ぼけながら、それに出たのではなかったか……。

ということは——。松木と茜は本当にここへ来ようとしている？

「いけないわ」

ここへ来たら、当然夕里子たちにも知れる。そうなれば、国友刑事に通報されてしまうだろう。

綾子はベッドを出ると、パジャマの上にガウンをはおり、部屋を出た。

茜たちがマンションへ来たら、ともかくどこか他の所へ隠れるように言わないと。

綾子はそそくさと玄関へ向った。

サンダルをはいて、玄関のドアを開けると――。

目の前に、松木と茜の二人が立っていた。

「茜さん……」

「良かった……」

と、茜が震える声で言った。「やっぱり開けてもらえないのかと思ったわ」

「あの……下のオートロックは？」

「あなた、開けてくれたじゃない」

綾子は啞然とした。では、半分眠った状態で、二人をオートロックの中へ入れ、また寝てしまった？

「あの……ちょっと事情があって。ともかく入って下さい」

綾子は二人を中へ入れた。

居間へ通すと、

「座って、休んで下さい」

「いえ……。ソファが濡れるわ」

そう言われて、綾子はやっと気付いた。茜も松木も、全身ずぶ濡れだ。玄関のドアの前で、どれくらい待っていたのだろう？　二人とも真青で、震えている。

「あの……構いませんから」

綾子は二人を無理にソファへ座らせると、「何か着る物、持って来ますね！　茜さんは、私ので大丈夫ですね。松木さんは……うちの父の物、サイズ合わないかもしれませんけど、我慢して下さい」

「いいのよ、綾子さん」

と、茜が言った。「私たち、電車の動く時間になったら出て行くから。どうせ死ぬんだもの。濡れてたって」

「いけませんよ、死ぬなんて！」

「でも、どうしようもないの。――私たち、もう本当の殺人犯なのよ」

「運が悪かったんですよ。今からでも、警察に出頭して――。妹の彼氏の刑事さんが、ついてってくれると言ってますし」

「でも、あのマンションの女、殺してないのに、今からそう言っても、信じてもらえるわけないしな」

と、松木は言った。「やってもいない殺人の犯人にされるなんて、惨めだよ」

「そうよ。綾子さん、私たち二人、一緒に死ぬって決心したの。止めないで」

そう言われると綾子も困ってしまったが、

「でも——ともかくまだ何時間かあるでしょ？　その間、そんなずぶ濡れじゃ、風邪ひきますよ。ともかく着替えて下さい」

と、居間を出て行きかけて、「上の服だけでいいですか？　下着も濡れてます？」

茜は少しためらっていたが、

「じゃあ……お言葉に甘えて。下着までびっしょりなの。凄い雨で」

「分りました」

と、綾子は居間を出て行った……。

「あーあ……」

夕里子は起き出すと、洗面所で顔を洗い、欠伸しながら居間に入って、カーテンを開けた。

「ゆうべはお姉さんの声で目が覚めて……。びっくりさせるんだから。――ワッ！」

夕里子は飛び上りそうになった。

ソファで毛布をかぶって寝ているのは、綾子に違いなかったのである。

「お姉さん！　何してるの、こんな所で？」

夕里子が揺さぶると、綾子は目を開け、

「あ……。おはよう」

「おはよう、じゃないでしょ」

と、夕里子は腰に手を当てて、「どうしてソファで寝てるの？　ベッドってもんがあるでしょ」

「まあね……」

綾子は、まだトロンとした目をして、「色々事情があるの」

「どんな事情が？　ベッドに男でも寝てる？」

「よく分ったわね」

「――え？」

「男だけじゃないわ。女もよ」

夕里子は目をパチクリさせて、

「それじゃ、もしかして……。あの二人が？」

「当り」

「呑気なこと言って！　国友さんに知らせなきゃ」

「だめよ、夕里子」

「どうして？」

「あの二人、死ぬ決心してるの。好きにさせてあげましょうよ」

「あのね……。いいわ、お姉さんは知らないことにして」

「そうはいかないわよ」

「どうして？」

「あの二人は、困った挙句、私を頼ってやって来たのよ。それを警察へ引き渡すなんて、できないわ」

「ヤクザ映画じゃないんだから！　それに何も死ぬことないのよ。——私が説得してあげる。二人が納得すれば、それでいいのね」

夕里子がさっさと居間を出て行く。

「夕里子！　ちょっと待って！」

綾子があわてて追いかける。「——あのね、ゆうべはひどい雨だったの」

「そう？」

「で、二人とも傘もなしで雨の中を歩いて、びしょ濡れになったんだけど……」

「何が言いたいの？」

「つまりね、二人とも電車が動くまで、って言ってたんだけど、あんまりガタガタ震えてるんで……」

夕里子は苛々して、

「だから何なのよ？」

「せっかちなんだから、あんたは」

「お姉さんが呑気過ぎるの！」

と、夕里子は言って、「ともかく起こすからね！」

と、綾子の部屋のドアをバンと開けた。

「夕里子――」

「お二人さん、起きて下さい」

と、夕里子はカーテンを開けて、「お話があるんです。ここにいられちゃ困るんですよ」

話しながら、ベッドの方へ歩み寄ると、

「——どうしたんですか？」

綾子のシングルベッドに二人で寝ているのだから、窮屈なのは当然だが、二人は一緒にハアハアと喘ぐような息づかいをしていた。

「お姉さん……」

と、夕里子が振り向く。

「夕里子、二人ともひどい熱なの」

と、綾子は言った。「風邪ひいたんだと思う。私が——放っといたんで」

「放っといた？」

綾子の説明を聞いて、夕里子は呆れた。

「ね、夕里子。そんな高熱で苦しんでる人たちを、手錠かけて連行させるなんて、私、できないわ。風邪が治るまで、ここに置いていいでしょ？　私がソファで寝るから」

「そんな……」

夕里子は困って、「警察だって、病気の治療くらいしてくれるわよ」

「待って……」

かすれた声で、茜が言った。「ご迷惑は……かけないわ……」

「茜さん」

「綾子さん、ありがと……。大丈夫。電車に乗るくらいのこと、できるから。もう
――私たちのことは忘れて……」

咳込《せきこ》みながら、茜は起き上った。夕里子はそれを見て、

「お姉さんの服？」

「茜さんには私の、松木さんにはお父さんの服を貸してあげたの」

「でも、きっとお返しできないわね……。ごめんなさい」

茜は、松木の肩を叩いて、「起きて、出かけましょう」

と言った。

「待って下さい」

と、夕里子は言った。「本当に死ぬ気なんですか？」

「これ以上人に迷惑かけられないもの」

「でも、犯人じゃないんだったら……」

「ええ……。それは悔しいけど、きっと信じてもらえないわ。私は本当に殺してるし。――取調べのことを考えると、もう疲れ切ってて、とても耐えられないと思う」

と、茜は言って、「ね、松木さん」

と、もう一度呼んだ。

「うん……」

咳込んで、松木は茜に助けられて起き上ると、「佐々本君……。すまなかったね」

と、かすれた声で言って、立ち上ったが――。

「危い！」

と、夕里子が言った。

松木は二、三歩も進むことができず、床に突っ伏してしまったのである。

「松木さん、しっかりして」

と、茜が抱き起こそうとした。

「頼む……。ここで殺してくれ」

と、松木はかぼそい声で言った。「とても歩けない……」

「冗談じゃないですよ」

夕里子はため息をついて、「分りました。ともかく動けるようになるまで、ここにいて下さい」

「夕里子！　私の可愛《かわい》い妹！」

綾子が夕里子を抱きしめた。

「ちょっと！　やめてよ」

夕里子はふくれっつらで、「だけど、こんなひどい熱で、病院行かなくていいの？」

「じゃ、連れて行きましょう！　私たちのお父さんとお母さんってことにして」

「若過ぎるでしょ！」

「じゃあ……お姉さんとお兄さん？」

「全くもう……。ばれたら国友さんに逮捕される」

と、夕里子がグチると、いつの間に来ていたのか、珠美が顔を出して、

「じゃ、ついでに国友さんと結婚しちゃえば？」

と言った。

「珠美！　余計なこと言わないのよ」

と、綾子がにらむ。

「うん。その代り、お二人さん、一泊いくらにする？」

と、珠美は言った。

13　野心

もう年齢《とし》だ。

そう認めたくはないけれど、君塚ゆかりはいやでもそれが事実であると納得せざるを得なかった。今、五十一歳。

四十代の間は、まだ「疲れを知らない」と他人にも公言していたものだが、五十を過ぎて、突然その日の疲労が翌日に残るようになった。

「こんなことじゃだめだわ」

と、自分を励ましてみるのだが、そんな自己暗示では、腰の痛みや肩のこりは消えてくれないのだった……。

オフィスへ戻ると、

「少し横になるわ」

と、ゆかりは北抜緑に言った。「夕方まで起こさないで」

「かしこまりました」

と、秘書の緑は無表情に、「夕食のお約束が七時からですが、お着替えなさいますか？」

「誰とだっけ？」

「H電機の社長さんです」

「ああ。いいわ、この格好で」

「分りました。では六時二十分にお声をかけます」

何とも細かい緑である。

ゆかりはオフィスの奥のドアを開けた。

小さなスペースだが、ベッドが置いてあり、いつでも寝られるようになっている。

「ああ……」

ゆかりはスーツを脱いで、ソファの上に広げると、下着のままでベッドに潜り込んだ。

――そう。もちろん、この疲労の原因が、このところの「事件」のせいであることも分っている。年齢のせいだけではないのだ。

「全く！　みんな、勝手ばっかり！」

ついグチが出る。

元はといえば、夫、君塚牧郎が武田沙紀を愛人にしてマンションに囲っていたのが事の起り。夫が女を殺したとは思わないが、もし愛人だったと知れれば大スキャンダルである。

その罪はうまく同じマンションの住人になすりつけたが、それは北抜緑の手柄である。とはいえ、まだ頭痛の種はある。

息子の秀哉の行方がまだ分らないのだ。

警察が手配しているわけではないので、秀哉がクレジットカードを使っても（むろん、親のカードだが）、こっちには分らない。それにしても、会社を叩き壊し、どこの誰とも知れない女の子と姿をくらます……。

世間に知られたら、ゆかりの命取りになりかねない。

「でも……大丈夫。私はツイてるんだもの」

と、自分へ言い聞かせて、ベッドの中で目を閉じた。「私には……幸運の星がついてるんだから……」

疲れは、ゆかりの自覚していた以上に深く体にしみ込んでいたのかもしれない。

ゆかりは五分とたたない内に、眠り込んでいた……。


「先生」

肩を揺さぶられて、ゆかりは目を覚ました。

「――もう時間？」

と、まぶしげに顔をしかめて、「まだ早いじゃないの」

「お電話です」

「寝てるのに。――誰から？」

文句を言いつつ、緑が起こしに来るのだから、大切な電話だろうとも分っていた。

「稲川先生です」

元大臣の、あの大物だ。

「分ったわ」

「ケータイです。お持ちしますか？」

「行くわ」

起き上って、強く頭を振る。オフィスの方へ戻って、ケータイを手に取ると、緑が素早くグラスに水を入れて差し出した。

こういう気のつかい方が、緑の優秀なところである。

ゆかりはちょっと肯いて見せてから、水を一口飲み、

「お待たせいたしました」

と、ケータイに出た。

だが、会話は短かかった。

「分りました。すぐ伺います」

ゆかりは通話を切ると、緑へ、「新しいスーツ。車をすぐ用意して」

と、早口で言ったのである。

そして——二十分後には、ゆかりは都心のホテルの一室にいた。稲川と二人きりだったが、別に色っぽい話ではない。

「——先生」

と、ゆかりは言った。「今、大臣とおっしゃったんですか?」

「そうだ」

稲川は、すっかり寛《くつろ》いだ感じで、ガウン姿だった。——おそらく、愛人の誰かをこへ呼んでいるのだろう、とゆかりは思った。

「私を……大臣に？」

「今の総理は人気がない。女性受けするタイプではないからな」

稲川は、ウィスキーを水割りで飲んでいた。「マスコミ受けのする女性を一人、閣僚に入れて、イメージチェンジを図るということだろう。君と親しいというので、私の所へ説得役が回って来た」

稲川は、ゆかりの反応を楽しんでいるようだった。

「でも……先生、私は議員でもありません」

「大臣になるのに、議員の資格は必要ない」

「それは知っていますが……。何の大臣を？」

「それは、君が引き受けたら検討するということだ。他のメンバーとの兼ね合いもあるしな」

「分りました」

「やってくれるか？」

「はい」

断れるわけがない！　大臣として名が売れれば、たとえ短期間で辞めても、次の選挙では絶対に有利だ。

「そう言ってくれると思ったよ」

と、稲川はニヤリとした。

「でも——びっくりしました。あまりに突然のお話で」

ゆかりは、心臓が鼓動を速めているのが知れないように、できるだけ平静を装っていた。

「心配しなくても大丈夫だ。大臣になると護衛もつく。いいもんだぞ」

「はあ……」

稲川のケータイがテーブルの上で鳴った。

「——ああ、今どこだ？　——分った。ルームナンバーは〈２５０３〉だ」

稲川はそれだけ言って切った。

「私はこれで」

と、ゆかりは腰を浮かした。

「うん。改めて正式の依頼が行く。まあ、しっかりやれ」

「ありがとうございます」

ゆかりは立ち上って一礼すると、スイートルームを出ようとした。

「そうだ」

と、稲川が思い出したように、「こんなことは言わなくても分っとるだろうが、身辺はきれいにしといてくれよ。まあ、俺と違って、君に恋人はあるまいが」

と笑う。

「ご心配なく」

「金のこと、身内のこと、マスコミに知られているからこそ、何かあればつつかれるぞ。大丈夫だな？」

ゆかりは真直ぐに稲川を見て、

「ご心配いりません」

と、はっきり言った。

「よし。——ご苦労さん」

「失礼いたします」

ゆかりは、廊下へ出て、ドアを閉めると、初めて胸に手を当て、深く呼吸した。

——大臣だ！

エレベーターへと向う足どりが、いつになくせかせかとしていたことに、自分でも気付いていなかった。

エレベーターの下りボタンを押すと、すぐに扉が開いて、びっくりした。降りて来たのは、どう見ても二十代の女性。

案内のプレートを見て、

「〈2503〉……と」

と呟くのが聞こえた。

稲川の待っているのはこの女か。――ゆかりが驚いたのは、単に若いというだけでなく、少しも派手でない、ごく普通の女性だったからだ。

大したもんだわ。――エレベーターでロビー階へ下りながら、ゆかりは苦笑した。

しかし、それどころではないということに、今になって気付いた。

身辺をきれいに……。

今のゆかりは、底なし沼に半分沈んでいるようなものだ。

身辺をきれいに？　――どうやって？

ロビーへ出ると、北抜緑が心配そうな様子で待っていた。

「先生！　大丈夫でしたか」

「ええ。――何を心配してたの？」

「ホテルの部屋へ呼びつけるなんて……。先生の貞操が危いとなったら、乗り込もうと思っていました」

ゆかりは笑って、

「あんたはいい人ね」

と、緑の肩を抱いた。「でも、他に心配しなきゃならないことができたわ」

二人はコーヒーラウンジに入ると、奥のテーブルを選んだ。他人の耳に入れてはならない。

「——大臣ですか」

緑の、コーヒーカップを持った手が止った。

「そう。チャンスだわ。願ってもない」

「おめでとうございます」

「ありがとう。でも……」

「厄介事を片付けておかないと」

「そうなのよ」

と、ゆかりは身を乗り出して、緑の手をギュッと握った。「あなたが頼り。お願いよ！」

「先生。——手が痛いです」

「ごめんなさい！　でも、頼りにしてるの」

緑はため息をつくと、

「武田沙紀が殺された件は、何とかなりそうですが、ただマンションの管理人が……」

「何といった？」

「会田です。国友という刑事は、納得していないようで」

「至急手を打つ必要があるわね」

「といって、こちらが焦っていると会田に見抜かれると、却ってつけ上らせる心配もあります。お金だけでなく、少し脅してやった方が効き目があるかもしれません」

「用心してね。暴力沙汰《ざた》になるのは困るわ」

「お任せ下さい」

と、緑はゆっくりコーヒーを飲んだ。「それより、秀哉さんのことです」

「そう……。困ったわね。――あの子ったら、何を考えてるのかしら！」

ゆかりは苛々と呟いた。

するとそこへ、離れたテーブルにいた中年の女性たちの一人がやって来ると、

「失礼ですけど、君塚ゆかり先生でしょうか」

「ええ、そうです」

と、ゆかりは穏やかな表情になった。

「やっぱり！　さっきから、もしかしたら、と、あちらで話しておりましたの。先生のお話を以前に伺ったことがありまして」

「まあ、そうですか」

面倒《めんどう》だが、こういうときに素気《そつけ》なくはできないのである。

緑が適当なところで、

「先生、そろそろお出になった方が」

と、割って入った。

「まあ、お忙しいのに、すっかりお邪魔してしまって」

と、その女性が恐縮して、「お坊っちゃまとお待ち合せでいらっしゃるんですわね」

「はあ、いえ……」

と、ゆかりは笑顔で言って、「――今、私が息子と……」

「あ、私の娘が、お坊っちゃまと中学ご一緒でしたので。何度か運動会とかでお見かけしておりまして」

と、その女性はにこやかに言った。「私ども、今一階上のレストランで、軽く食事をしておりましたの。そしたら、他のテーブルにおられるのが、どうもお坊っちゃまらしいと思いまして。レストランの方が、『君塚様』と呼んでおられたので、ああやっぱり、と……」

「そうでしたか」

ゆかりは、何とか落ちついた風を装って、

「息子は一人でしょ？」

「いえ、とても可愛い娘さんとお二人で、サンドイッチなど召し上っておいでで」

「そうですか。――では、失礼します」

ゆかりがせかせかと歩き出し、緑があわてて後を追った。

「先生、先に行かれて下さい！」

緑が声をかけると、ゆかりはラウンジを出るなり走り出した。

ゆかりに話しかけた女性は、呆気に取られて見送っていた……。

緑が急いで支払いを済ませて、ゆかりの後から駆け出した。

ちょうどそのとき、秀哉と安西涼の二人はホテルを出て、

「タクシー？」

「いいえ、歩きましょ。少し寒いけど、二人ならいいわ。それに食べたばっかりだから、少し運動しないと」

「そうだね」

二人は、しっかり腕を組んで歩き出した。

秀哉と涼を、ホテルの入口のそばから眺めていたのは、「サブ」というあだ名で呼ばれているチンピラだった。

「あいつらだ……」

サブは、佐伯マリが撃たれて死んだとき、我先に逃げてしまった仲間の一人だった。

「畜生……。やっつけてやる」

と呟くと、サブは二人の後を尾《つ》けて行った。

仲間へ連絡しようと、ケータイを取り出したが、

「ちぇっ！　電池が切れてやがる」

なあに、あのときは、突然本物の銃を見せられてびびったが、今度は——。あいつら、叩きのめしてやるぜ！

サブは、ちょっと肩をいからせて、足を速めた……。

14　血痕

「ごめん」

と、涼は足を止めて、「ちょっとトイレ、行きたくなっちゃった。ホテルで行っときゃ良かった」

「ああ。――そこの公園の中にトイレがあるよ」

涼はちょっと顔をしかめて、

「私、あんまり汚ないといやなんだ」

「大丈夫。僕、仕事でこの辺を回ってるときに、入ったことあるんだ。結構新しくてきれいだよ」

「そう？　じゃ、待っててね」

涼はトイレの中へと駆け込んで行った。

秀哉はトイレの前に立って、欠伸をした。

涼はじきに出てくると、

「本当！　きれいだった！　手を乾かす、ボワーッて風が出るのもあるし」

と、ご機嫌だった。

「僕も行ってくる。ちょっと待ってて」

「うん」

秀哉が入って行くと、涼は、ウーンと伸びをした。

「秀哉……」

と、小さく呟く。「大好きよ！」

ザリッと砂を踏む音がした。

「おい。——憶えてるか」

ナイフを手にした男が立っている。

「——誰？」

「お前が殺したマリの仲間さ」

「ああ……。あのとき逃げてった？」

「お返ししてやるぜ」

と、男は言った。「俺はな、サブっていって、マリとはいい仲だったんだ」

「そう……。でも、悪いのはマリの方よ」

「うるせえ。お前の顔を、傷だらけにしてやる」

と、涼へ近付くと、「それから、お前の彼氏が出て来たら、目の前で切り裂いてやるからな」

ナイフの刃が、涼の目の前に迫った。

涼はふしぎに恐怖を覚えなかった。何がどうなろうと、それは予《あらかじ》め決められた運命で、変えられないのだ、という気がしていた。

だが——。

「おい」

という声に、サブが振り返る。

秀哉が拳銃を手に、銃口を真直《まっす》ぐサブに向けて立っていた。

「お前な、後を尾けるんだったら、少しは足音たてないように気を付けろよ」

サブは呆然としていた。——今、自分は「死」と向い合っているのだ。

「やめてくれ！」

と、ナイフを投げ捨てると、「な、もう二度と追い回さねえからよ。撃たねえでくれ」

「情ない奴だな」

と、秀哉は苦笑して、「あのマリって娘は恋人だったんだろ？　敵討《かたきう》とうと思わないのか？」

「恋人……じゃねえよ。抱いてやっただけさ」

「貴様。——女を何だと思ってんだ？」

秀哉はなぜか無性に腹が立って、「お前みたいな奴、死ね！」

と、拳銃を握った手を真直ぐに伸した。

そのとき、

「だめ！」

と、涼が秀哉へ駆け寄って、銃を持った手をつかんだ。

「どうしたんだ？」

「だめ！　あんたはそんなことしちゃだめ！」

涼は激しく首を振って、「人殺しは私一人で充分だわ！　あんたはそんなことしちゃいけない！」

「涼――」

その間に、サブが二人に背を向けて逃げ出した。といっても、脚が震えているので、ヨタヨタと酔っ払っているかのようだ。

「逃げるぞ」

「私に貸して！」

涼は秀哉の手から拳銃をもぎ取ると、サブの背中へと銃口を向けた。

「涼、よせ！」

と、秀哉が叫ぶと同時に、拳銃が火を吹いた。

サブは左脚を撃ち抜かれて、ワーッと叫びながら転った。

涼は声を上げて笑った。

「涼……」

秀哉は涼の手から拳銃を取り上げると、「何がおかしいんだ？」

「だって……マリのときは、脚を狙ったのに、心臓に当って、今はあいつを殺してやろうと思ったのに脚、撃っちゃった。私って凄く下手《へた》なんだな、と思って」

と、涼はやっと笑いがおさまって、「――痛い？」

と、サブに訊いた。

「殺さないで……」

サブは血の吹き出る太腿《ふともも》をかかえて泣きながら言った。

「安心して。殺さないわ。だって、死んじゃったら、この人が撃ったんじゃないって証言できなくなっちゃうもんね」

と、涼は言って、「今、救急車呼んであげるから、我慢してね」

涼は秀哉の腕を取って、

「さ、行こう」

「うん」

「そこの公衆電話で一一九番してあげよう」

「優しいんだな、涼は」

「そうじゃないの。約束したことは守りたいだけ」

涼は公衆電話ボックスに入って、一一九番へ知らせた。場所はよく分らなかったので、電話ボックスに書いてあった番号を教えた。

「じゃ、よろしく。——え？　私ですか？　私が撃ったんです。それじゃ」

向うは呆気に取られていただろう。

涼はボックスを出ると、

「ね、ホテルに行こう」

と、秀哉を誘った。

「うん……」

「私、何だか凄く興奮してるの」

涼の声は上ずっていた。「人を撃つのって、あなたに抱かれるときみたいに体が熱くなるの」

二人は激しく唇を求め合って、それから足早にそこを立ち去った。

数分後、救急車がサイレンを鳴らして、やって来た……。


受付のカウンターの前に立つと、プンと酒の匂《にお》いが鼻をついた。

北抜緑は、ちょっと顔をしかめた。できることなら、このまま引き返してしまいたいと思ったが、出直すとなれば、二、三日先になる。

そんなに長く待ってはいられないのだ。緑は、ちょっと背筋を伸すと、〈ご用の方はこのボタンを押して下さい〉と書かれた札の前のボタンを押した。

ピンポン、という音が、奥の方から聞こえて来た。――しかし、しばらく待っても何の返答もない。

緑はもう一度ボタンを押した。今度は少しして、何か動く音が聞こえて来た。

ドアが開いて、カウンターの奥に会田が現われた。

「何ですね……」

と、少しもつれた舌で面倒くさそうに言ってから、やっと緑のことを見分けたらしく、

「ああ、あんたか」

ジャージ姿で、髪も乱れていた。

「ちょっとお話があります」

と、緑は言った。

「今は時間外だよ」

と、会田は口を尖らした。

「時間外でないとできない話です」

「――分ったよ。入ってくれ」

カウンターの横のドアのロックを外すと、会田はヨロヨロと奥へ入って行った。

住込みの管理人の会田は、このマンションの受付の奥の部屋で暮しているのだ。

カウンターの内側へ入ると、緑は奥のドアを開けた。

この中へ入るのは初めてだ。緑は一瞬立ちすくんだ。

そこはわずか三畳ほどの広さしかない部屋で、小さなタンスとTV、そして二つに折りたたんだ布団は、たぶんほとんど片付けられることもないのだろう。

こんなに、息苦しいほど狭い部屋だとは、思ってもいなかった。

「上んな」

と、会田は言った。「上るったって、座る場所もねえか」

ちょっと笑って、会田はたたんだ布団に座った。緑は、

「お邪魔します」

と、靴を脱いで上ると、畳に正座して、「会田さん、あなたに現金をお渡ししたとき、目につくような使い方はしないで下さいと申し上げたはずです」

「そうだったかな。――何しろアルコールのせいで忘れっぽくなっててね」

「それなのに、新車を買うなんて。あの国友って刑事は怪しんでますよ」

「そいつはあんたの方で心配するこったろ。もらったからにゃ、俺の金だ。俺が自分の金をどう使おうが、俺の勝手だろ」

「会田さん。警察に嘘の証言をしたことがばれたら、そのお金だって、使えなくなるんですよ」

「じゃあ、あんたが何とかしろよ。もとはと言やあ、あんたの方が企んだことじゃないか」

会田は、充血した目で緑をにらんだ。

「──かなり酔っておいでですね。今お話ししてもむだなようですから、改めて昼間の勤務時間中に伺います」

緑は腰を浮かしかけた。

「逃げるなよ！」

と、会田は怒鳴るように言った。

「逃げるって、何のことですか」

「あんたの考えてることぐらい分ってるぜ」

と、会田はカップ酒をグッとあおって、「こんな社会の落ちこぼれ、金でどうにでもなる、ってな。だがな、管理人ってのは大変なんだ。ロビーや階段の掃除をしてりゃ、宅配の荷物が来る。その相手をしてりゃ、住人から、電球が切れたから換えてくれと言ってくる。少し手間どると、『どうしてぐずぐずしてるの！』と文句を言われる。『高い管理費を払ってるのよ！』と怒鳴られる……」

「お疲れさまです。では、これで──」

「俺はな、こう見えても国立大を出たエンジニアだったんだ」

と、会田は構わず続けた。「誰でも知ってる有名な企業だ。N電機。あんたも知ってるだろ？　俺は三十代で課長になった。上の受けも良くて、あのまま行きゃ、部長、取締役にだってなれたかもしれねえ……」

「会田さん、いい加減に――」

「黙ってろ！」

荒々しい声に、緑は危険を感じた。

会田は、暗い目つきで、宙を眺めていた。

「三十代も終りになるまで、忙しかった俺は、独身のままだった。三十九のとき、秘書課の女性と付合い始めたんだ。いい女で、俺は夢中になった。――知らなかったんだ。その女が、当時会社で一番力のあった常務の愛人だったたってことなんか……」

会田の口もとに苦い笑みが浮んだ。「ある日、俺は突然九州の営業所へ異動になった。エンジニアが、ある日突然営業マンだぜ。俺は腹を立てて、常務の奴の顔に辞表を叩きつけてやった」

そのときの快感が一瞬よみがえったかのように、会田はニヤリと笑った。

「――俺ぐらい優秀なエンジニアなら、いくらでも次の就職先は見付かる。そう思ってたんだ。しかし……他の会社から見りゃ、俺ぐらいの人材はいくらでもいたんだ。一年たって、やっと就職したのは、小さな町工場だった。面白くもねえ仕事で、俺は酒を毎晩浴びるように飲んだ。——一年ほどでクビになり、後は……何をして来たのか、よく憶えてねえ」

会田は、じっと畳の上へ目を落として、

「いつの間にか、六十を過ぎてた。——分るかい、この気持が」

緑はつとめて平静に、

「ご苦労なさったことは分ります」

と言った。

「分るもんか！　お偉い『先生』になんか、何が分る」

と、会田は声を震わせて、「金もある。女もいる。そんな奴に俺の気持なんか……」

「会田さん」

緑は立ち上って、「失礼します。また改めて」

靴をはこうとして、会田に背を向けた。

そのとき、突然会田が緑に背後から抱きつき、畳の上へ引きずり倒した。

「何するんですか！　やめて！」

緑はもがいたが、会田が馬のりになって押えつけると、身動きできなくなった。

「俺だって――俺だって男なんだ！　思い知らせてやる！　男の強さを分らせてやる！」

「やめて！　こんなことして、ただですむと――」

「うるせえ！」

緑は平手で顔を打たれ、目がくらんだ。

会田の手が緑のスーツの胸元を広げ、ブラウスのボタンを引きちぎった。

「おとなしくしろ！　警察へ訴えるか？　面白《おもしれ》え、やってみろ。俺が本当のことをしゃべったら、どうなるんだ？」

緑の両足を、会田の膝が割った。緑は必死で抵抗したが、思いがけないほどの力で組み敷かれ、動けない。

「女は久しぶりだ。たっぷり味わってやるぜ」

会田は緑のスカートをまくり上げた。「お前みたいに取り澄した女だって、一皮むきゃただの女だ。観念しやがれ。俺がうんと喜ばせて――」

不意に、会田の言葉が途切《とぎ》れた。そして、押えつけていた力がスッと抜けると、ぐったりと緑の上に覆いかぶさって来る。

「――会田さん！　会田さん、どいて！」

緑は力をこめて、会田の体を押しのけた。その一瞬、誰かがドアを閉めて出て行くのを見た。

起き上った緑は、手にヌルッとした感触があって、見ると――。べっとりと血がついている。

そして、息を呑んだ。うつ伏せになった会田の背中の真中に、パックリと傷口が開いて、血が溢れ出している。

緑はあわてて後ずさるように会田から離れた。しかし、血だまりは畳の上にどんどん広がっていて、緑は手や足に血がついているのを見て愕然とした。

――もう会田は息絶えているに違いなかった。

緑はよろけながら立ち上った。

一体誰が？　誰が会田を殺したのだろう？

しかし、今は自分のことだ。早くここから逃げなければ。

警察に知らせるわけにはいかない。

緑は台所のタオルを取って、手足の血を拭《ぬぐ》うと、ともかく管理人室を出た。

ロビーに人影はない。

出入りするのを見られなければ、まず緑が疑われることはないだろう。

マンションを出て、必死で歩いた。

いい加減離れたと思ったところで、タクシーを停め、ともかく自分のマンションへと帰ることにした。

タクシーが走り出すと、緑はやっと息をついて、目を閉じた。

「――お客さん」

と、運転手が言った。「けがでもなさったんですか？」

「え？」

「頰っぺたに血が付いてますよ」

顔を見ていなかった。――緑はしかし、いつもの冷静さを取り戻していた。

「あら、ありがとう、さっき鼻血を出しちゃって、そのときついたのね」

「よかったら、ティッシュが後ろに」

「ええ。――どうもありがとう」

緑は、運転手にニッコリ笑いかけていたのである……。

15　役立たず

「先にご報告しました通り、今期の我が社の営業成績は、当初の予想をやや上回っておりまして……」

営業部長の声が、会議室の中に響いて、もちろん、取締役である君塚牧郎の耳にも入っていた。しかし、君塚牧郎はぼんやりと聞き流しているだけで、その内容はほとんど理解していなかったのである。

「具体的な数字につきましては──」

と、部長が続けていた。「お手元の画面に出ておりますが、先のご報告時に比べ……」

先の？　──牧郎はふっとその言葉が気になって、「さきの」……。「さき」か。

いい、

沙紀。――武田沙紀。

あの子はいい子だった。俺のことを、本当によく分っていてくれた。

その一方で、沙紀はいつも、

「奥様を大切になさって下さいね」

と言っていた。「あんなにすばらしいお仕事をなさってるんですもの」

そう。牧郎だって、妻のゆかりに感謝していないわけではない。ゆかりが全国を飛び回り、ＴＶや雑誌に顔を出すのも自慢だった。

ただ――ゆかりには、「夫を支え、時に慰める」という役割は期待できなかった。

牧郎は、時々、「あなたなら大丈夫」「あなたは立派よ」と言ってもらわないとだめなのだ。

それを心をこめて――バーやクラブでホステスが言ってくれるのでなく――言ってくれたのが、武田沙紀だった。

確かに、秘書として働いている沙紀と社内不倫のまま続けられていたら、あんなことにはならなかったかもしれないが、同僚の女性社員たちの目をごまかし続けることは不可能だったろう。

だが――沙紀はもういない。

あのベッドで刺し殺されていた沙紀の姿は、今も牧郎の瞼に焼き付いていた。可哀そうな沙紀……。

もう、自分のことを分ってくれる女はどこにもいない。

牧郎は、沙紀の若々しく白い肌を思い出して、胸をしめつけられる気がした……。

「――失礼します。君塚専務」

耳もとで声がして、ハッと我に返る。

「うん。何だ？」

「あの――警察の方がお話を伺いたいと」

警察？　牧郎は現実へ引き戻された。

「何の話だ？」

「さあ、それは……」

「今は重要な会議中だ。少し待っててもらってくれ」

「分りました」

秘書が出て行くと、牧郎は席を立って、部長の報告が続く会議室から、トイレの方へ出るドアを開けながら、ケータイを取り出した。

「――あなた、どうしたの？」

ゆかりがすぐに出て、牧郎はホッとした。

「会社に刑事が来てるんだ」

「そう」

ゆかりは意外そうではなかった。

「どうしたらいい？」

「少し待たせておいて。私がすぐそっちへ行くわ」

そう聞いて、牧郎はホッとした。

「すまん。会議中だと言って待たせてある」

「それでいいのよ。十五分もあれば行くわ」

「頼む」

通話を切って、牧郎は安堵《あんど》した。——やっぱりゆかりは頼りになる！

会議室の席へ戻りかけると、お茶を出していた女性社員が、

「専務、そこの内線電話に」

と、呼び止めて言った。

「分った」

受話器を外してあるのを手に取ると、「——もしもし」

「君塚専務ですか」

と、女の声。

「君は？」

「夏目ユリです」

「夏目？」

「〈Kプロダクツ〉の淡谷さんに頼まれて、私、刑事さんに嘘の話をしたんですよね」

牧郎も思い出した。

「それで？」

「私、殺された武田沙紀さんと親しかった、ってことにして……。ね、専務。武田さんが専務の愛人だったこと、たいていの子は知ってますよ」

「君……」

「でも、わざわざ私に嘘をつけって言うなんて、おかしいですよね？　刑事さん、今、社に来てるんですってね。受付の子に聞きました」

「一体何の話かね？」

「黙っててあげてもいいですよ。嘘つくように言われたこと。でも、百万円じゃ安過ぎません？　せめて――そうですね、私、手ごろなマンションが欲しいんです。二千万円出して下さい」

「そんなこと——」

「いやならいいです。私、あの刑事さんに、『言うこと聞かないとクビだって脅されたんです』って話しますから」

「待ってくれ。それは……」

「じゃ、二千万円。今すぐとは言いませんから」

牧郎はともかく今は仕方なく、

「分った」

と言った。

「ありがとう！　やっぱり専務は話が分りますね！」

夏目ユリは楽しげに言って、電話を切ってしまった。

牧郎は受話器を置くと、

「どうなるんだ……」

と呟いた。

「主人が待ってるわ」

と、君塚ゆかりは立ち上って、「行きましょう。あなた、運転して。車の中で話すわ」

「分りました」

と、北抜緑は言った。

緑が小型車を運転して、自宅を出る。

「──ゆうべお電話しましたが、お出にならなくて」

と、緑は言った。

「ゆうべはずいぶんワイン飲んじゃったの」

と、ゆかりは言った。「それにしても、誰があの管理人を殺したの?」

「分りません」

と、緑は言った。「本当に私じゃないんです」

「あなたが嘘をついてるとは思わないわよ。でも、管理人が死んだってことは、武田沙紀と松木の間に何かあった、って話を否定できないことでもあるわね」

「その点はおっしゃる通りですけど……。でも、現に今、刑事がご主人の所へやって来てるってことは──」

「承知してるわ。車が向うへ着くまでの間に、何とか考えるわよ」

と言って、ゆかりは腕組みすると、じっと目を閉じて考え込んだ。

会社まで約二十分。

車がビルの正面につくと、

「あなたは下で待ってて」

と言って、ゆかりは車を降りた。

オフィスへ入ると、夫の牧郎がウロウロしていた。ゆかりの姿を見ると、ホッとした様子で、

「良かった！　来てくれたんだな」

「当り前でしょ。刑事は？」

「応接室だ。どう話をする？」

「あんまり待たせると疑われるわ。――私に任せて。あなたは元気のない様子で、じっと黙って座ってればいい」

「しかし――」

「いいから、私に任せて」

と、ゆかりは言って、「行きましょ」

と、牧郎を促した。

ゆかりは全くためらいも見せずに応接室のドアを開けるなり、講演やスピーチできたえたよく通る声で、

「まあ、お待たせしてしまって申し訳ありません！」

と言って中へ入った。「私、君塚ゆかりと申します。一応評論家なんていう怪しげなものをやっておりますの」

当然、私のことは知ってるでしょ、という気持を口調ではっきり伝えながら、名刺を取り出して差し出す。

「は……。国友と申します」

国友はもう一人若い刑事を連れて来ていたが、名刺を受け取ると、「あの――」

「これが主人の君塚牧郎です」

と、ゆかりは夫をソファの方へ押しやって、「国友さんとおっしゃった？　ずいぶんお若いのね」

「いえ……」

「どうぞ、おかけ下さい。――まあ、お茶の一つも差し上げてないんですの。申し訳ありません！」

ゆかりはドアを開けて、「ここへコーヒーを四つ！　急いでね！」

と言っておいて、夫と並んでソファにかけた。

「あのですね」

と、国友は咳払いして、「お話を伺いたいのはご主人の方なんですが……」

「よく存じております。ただ、主人は今、とても精神的にショックを受けて、落ち込んでおりまして」

と、ゆかりは言った。「きっと国友さんのお訊きになりたいことと関係があるのではないかと思います」

「ええと……実は先日、ある女性が殺されました。武田沙紀さんといって――」

「主人の秘書をやっていた人ですね。ええ、知っておりますわ」

「その現場になったマンションというのが――」

「主人の持っている――といいますか、仕事上必要だったりして、うちでいくつか都内にマンションの部屋を持っているんです。その一つが、あの恐ろしい事件のあったマンションに」

「ええ。死体が発見されたのは〈５０５〉で、松木浩一郎という男が逃亡中なのですが、武田さんがご主人の秘書だったことと、そのマンションにご主人が部屋を持っておられたこと。これは偶然とは思えなくて」

「よく分りますわ」

と、ゆかりは肯いて、「国友さん！」

と、いきなり身をのり出し、国友の手をギュッと握った。

国友はびっくりして、

「奥さん――」

「分っていただきたいの！　刑事さんとして、お役目があることは承知しています。でも、私の評論家としての生命を絶ってしまわれることだけは、しないで下さい！」

「いや……何も私どもは人のプライバシーをむやみに暴くようなことは――」

「ありがとうございます！」

ゆかりは頭を下げて、ますます国友の手を握りしめ、「何とお礼を申し上げたらいいか！　本当にお恥ずかしい話なんですの。家庭とはどうあるべきか、説いて回っている私が、忙しさのあまり家庭をかえりみなくなっていたんです。夫の寂しい気持にも気付かず」

「はあ……」

「お察しの通り、武田沙紀さんと夫は男女の関係にありました」

「というと――」

「武田さんは、あのマンションの夫の部屋に、会社を辞めた後、住んでいたんです」

「そうですか……」

「やがて私も二人の仲を知って苦しみました。でも、私にも責任はある、と分っていましたし、主人も武田さんも、同じように苦しんでいたんです。私は二人を責める気持には、どうしてもなれませんでした。——あ、コーヒーが来ましたわ。どうぞ召し上って」

ゆかりはガラリと口調が変って、「国友さんも、そちらのお若い方も。——本当にお若いのね。おいくつ？　——まあ、うちの秀哉と二つしか違わないんですのね、ホホ……」

ゆかりは微笑みながら、

「国友さん、クリームとシュガーは？　——どうぞ、召し上って。ここのコーヒーは、主人の好みで、とてもいい豆を使ってますの。香りがよろしいでしょ？　国友さんって、珍しいお名前ですわね。スポーツ振興会の理事長の国友さんという方と親しくさせていただいてるんですけど、ご親戚？　——まあ、すみません、すっかり話がそれてしまって」

ゆかりはコーヒーを飲んでカップを置くと、

「武田さんも、私に対して申し訳ないという思いで悩んでいたんです。そんなとき、同じマンションの男性と、ふとしたことで親しくなり、迷った挙句、主人と別れる決心をしたんです。それが松木という人でした。主人と私は話し合って、武田さんの幸せのためにも、快く彼女を送り出そうということになり、彼女は松木の部屋へ移って行ったんですが……。その結果があんなことになるなんて……。いっそ主人が手放さなければ、武田さんは生きていたのかもしれない、と思うと複雑な気持です。——主人は、本気で彼女を愛していました。彼女の死で、あれ以来仕事も手につかず……」

——君塚牧郎は、妻の話をぼんやりと聞いていた。

巧みな話術、立て板に水としゃべりまくることで、相手を幻惑させてしまう。

一体どうやったら、こんな風にしゃべれるんだ？

しかし——ゆかりの話の中にも「真実」はあった。牧郎は沙紀を「本気で愛していた」のだ。

しかし、ゆかりがいなかったら、きっと牧郎が犯人として逮捕されていただろう。

ゆかりがいなかったら……。

そうなんだ。俺はゆかりなしではやっていけない。

牧郎は、ゆかりの話を聞いていたが、それはいつしか牧郎の耳に、

「あんたは役立たずよ」

「あんたは私なしじゃ何もできない」

「あんたは能なしよ」

と聞こえていた……。

――ケータイの鳴る音で、牧郎はハッと我に返った。

「失礼します」

国友がケータイに出る。「もしもし、国友です。――え？　何ですって？」

国友の声が高くなった。

「分りました。至急向います」

通話を切ると、国友は、

「急な用事で失礼します」

と言った。

「まあ、そうですの？　もし、また何かお訊きになりたいことがありましたら、いつでもどうぞ」

「お邪魔しました。――行くぞ」

二人の刑事が急いで出て行く。

——牧郎とゆかりは、しばし黙っていた。

「もったいないわ。あなた、コーヒー、飲んで」

と、ゆかりが言った。

16　母娘

「ここか」

と、井上《いのうえ》刑事は言った。

やっと捜し当てたその店を見て、

「ずいぶんさびれてるわね」

と言ったのは、向井直子。

そのバーは、ちょっとした地震が来たら、簡単にひしゃげてしまいそうだった。

「警部が来なくてよかったな」

と、井上は言った。「これじゃ、きっとビール一杯出しちゃくれない」

夕方とはいえ、まだ明るいので、その古ぼけたバーの侘《わび》しさは、一段と際立っていたのである。

井上が「警部」と言ったのは、ボスである大貫《おおぬき》警部のこと。井上としては、全くありがたくない意味で、「名物」である。

「でも大貫さんが食当りなんて、珍しいわね。大丈夫なの？」

「食当りと言ってるが、きっとただの食べ過ぎだって、みんな言ってるよ」

「どうして？」

「どこかで食べた卵が古かった、って本人は言ってるけど、それが本当なら、警部はその店を潰すに決ってる。苦情も言いに行かないってのは、どう見ても……」

「説得力あるわ」

と、直子は肯いた。

向井直子は、別に婦人警官ではない。井上刑事の若き婚約者だが、しばしば事件の現場にも足を運び、解決に貢献しているのだ。

「――住み込みだって聞いた。いるかな」

井上はバーの扉を叩いたが、力を入れると壊れてしまいそうで、怖かった。

「開いてる」

扉を開けて中へ入ると、「――誰かいますか？」

と、声をかけた。

「二階がある」

と、直子は、バーのカウンターの奥に階段を見付けて指さした。

「上が住いなのかな。——安西さん！　いますか？」

井上の声に、上の方で何か物音がした。

「誰？」

不機嫌そうな声が聞こえて来た。「支払いなら月末でしょ」

「警察の者です」

と、井上は言った。「娘さんのことで、お話を」

少し間があって、

「待ってて」

と、そのしゃがれた女の声が言った。

井上と直子は、カウンターと、小さなテーブル一つだけの、息苦しいほど狭いバーの中を見回していた。

ほとんど梯子《はしご》に近い急で狭い階段を、危なっかしい足どりで下りて来たのは、シュミーズにすり切れたバスローブをはおった女で、

「──警察って？　私が何したっていうのさ」

と、ボサボサの髪をかきながら言った。

「娘さんのことですよ」

と、井上はくり返した。「安西涼。──あなたの娘さんですね」

女の顔がこわばった。タバコに火を点けたが、手が細かく震えていた。

「──安西美保《みほ》さん、ですね」

「ああ、そうよ」

と、女は言った。「涼のことって……。あの子、死んだの？　そうなんだね。はっきり言っとくれ」

タバコをむやみにふかして煙を忙しく吐き出す様子は、怯えているとしか見えなかった。

「違いますよ」

と、井上は言った。「娘さんは死んじゃいません」

「本当に？　──良かった」

安西美保はカウンターの奥で、コップに水道の水を入れて、ガブ飲みした。

「涼さんはここにいないんですか」

と、井上は訊いた。

「いたら、死んだのかなんて訊かないわ」

「そうですね。ただ、涼さんの居場所を知りたいんです」

美保は明りを点けた。――疲れ、老けた顔だった。

「あの子は、出て行ったきりだよ。あの子を、どうして捜してるの」

と、美保は訊いた。

井上と直子は、ちょっと目を見交わした。

「――あの子、何かしたのね」

と、美保は察して言った。「でも、それは私のせいなの。あの子は悪くない。だって、あの子はまだ十六よ。未成年だわ。逮捕するなら私を逮捕して」

「安西さん。――万引きとか、そんなことじゃないんです」

と、井上は言った。「涼さんは人を殺したんですよ」

「――まさか」

美保は、カウンターの中の椅子にペタッと座ってしまった。「人を殺した？」

「殺意はなかったかもしれませんが。ともかく、出頭してもらわないと。――何か連絡はありませんでしたか」

「あの子は……私には何も言って来ないと思うよ」

「でも母親なのに」

「母親の資格なんて、私にゃないよ」

直子が口を開いて、

「涼さんはどうして出て行ったんですか？」

と訊いた。

「それは……私と、私の再婚相手の安西洋治《ようじ》のせいさ」

「ご主人がいるんですか」

「もういない。出て行ったんだ。——えらく愛想のいい、よく気のつく男でね……。ホステス暮しに疲れ切ってた私は、いい年齢《とし》をして、安西に夢中になっちまったのさ」

と、美保は言って、自嘲《じちょう》気味に笑った。「考えてみりゃ、私が働いて、あいつは仕事もせずにブラブラしてた。要するに私にたかって生きてたんだけど、私はそう思わなかった。——馬鹿だったたね」

「涼さんと、うまく行ってたんですか」

「いいや。涼は分ってたんだろうね。安西のことを絶対に『お父さん』とは呼ばなかったし、なじまなかった。——私は、よく涼を叱《しか》ってた。『どうしてあの人をお父さんと呼ばないの!』ってね。涼は頑《がん》として言うことを聞かなかった……」

美保は辛そうにため息をつくと、「——ある日、私が外出から帰って来ると、安西が涼をひっぱたいたところで、私はびっくりして、『どうしたの?』って訊いた。安西は、涼が安西の財布から金を盗もうとしたから殴ったんだ、って言ったの。私は——涼の言い分を聞かずに、頭ごなしに怒鳴りつけた。そしたら、涼はプイッと出て行っちまったの」

「それきり?」

「そう。——その内帰って来る、と思ってたけど、あの子は戻って来なかった。でも、本当は……。このバーに、若い女の子を雇ったの。私みたいなおばさんだけじゃ客も来ないと思ってね。ところが……」

美保は目をそらして、「見付けちまった。安西とその女の子がホテルから出て来るのをね。——私は安西をなじった。安西は『お前なんかに未練はねえよ』って言って出て行った。でも、行きがけに振り向いて、『涼の奴はおとなしく触らせてたぜ』と言って笑ったの……」

美保は首を振って、

「あのとき、安西は涼に言うことを聞かそうとして殴ったんだって、初めて知ったわ。それなのに、私は涼の言い分を聞こうともしなかった……。心当りを必死で捜したけど、結局見付からなかったの」

声はかすれていた。――きっと、それからの何日かで、美保は老け込んだのだろう、と直子は思った。

「――刑事さん」

と、美保は井上を見て、「涼が人を殺したって言ったわね」

「ええ」

「そんなこと、信じられないけど……。一体誰を殺したの？」

「佐伯マリという女の子です」

「佐伯マリ……」

「――涼さんと小学校で一緒だったとか」

井上は、脚を撃たれたマリの仲間の少年から聞いた、事件のときの様子を説明した。

「涼さんは脚を撃とうとしたらしいですがね。反動で銃口が上って、ちょうど心臓に弾丸が当ったんでしょう」

「待って」

と、美保は言った。「佐伯マリ？　――憶えてるわ。小学校のとき、クラスで何人もその子にいじめられて、大変だった。涼も、よく泣いて帰って来たわ。その子がどうして……」

美保は肩を落として、

「たまたま出会ったようです」

「――たまたま弾丸が当った。たまたま、いじめっ子に出会った。たまたま、一緒にいた男が銃を持ってた……。何て運の悪い子なんだろ」

と言った。

「それでですね」

と、井上は言った。「こうして、母親のあなたを捜し当てたわけで……。すみませんが、中を調べさせてもらえますか？」

美保は少しの間ぼんやりとしていたが、

「ああ。――構わないわよ。こんな狭い所、すぐ、見られるでしょ。二階もどうぞ」

「じゃ、失礼して」

井上は一階の店内を調べてから、急な階段を二階へと上った。階段も床もミシミシときしんでいる。

たった今まで寝ていた布団と、隅へやられたちゃぶ台の他は何もなく、空間そのものが小さかった。

直子と美保も上って来た。

「三人もいたら、床が抜けそうだね」

と、美保が言った。

小さな浴室が付いているが、湿気がこもっていた。

「――分りました」

と、井上は言った。「もし、涼さんから連絡があったら、ぜひ出頭するように勧めて下さい。僕のケータイ番号です」

「ありがとう。――あんたは珍しいお巡りさんだね」

と、美保は名刺を受け取って言った。

「一緒にいる男が誰なのか分らないんですが、ともかくまだ実弾の入った拳銃を持ってるんです。これ以上事件を起さないようにしたいですから」

井上の言葉に美保は肯いて、

「分ったわ。もし、涼が何か言って来たら、あんたに連絡するように言うよ」

直子が、棚の写真立てを手に取って、

「これ、娘さんですか？」

と訊いた。

「ああ、そうだよ」

「涼さんの写真？　最近のものですか？」

「いえ、大分前だよ。姉妹のね」

直子の手にした写真を、井上と美保が覗き込んだ。

――まだ小学生らしい女の子を挟んで、もう大人びた娘と、中学生ぐらいの娘が顔を寄せ合って笑っている。

「もう六、七年前の写真だよ」

と、美保が言った。

「涼さんは――」

「真中が末っ子の涼。右が一番上の緑、左が二番目の茜だよ」

と、美保は言った。「仲のいい姉妹だったんだよ……」

「ただいま」

夕里子は、玄関から上ろうとして、男ものの靴に目を留めた。見覚えがある。

「まさか……」

居間を覗くと、

「やあ、早かったね」

国友刑事がコーヒーを飲んでいる。

「来てたの」

「いや、実は……。今も綾子君たちに話してたんだけど、あの松木のいたマンションで、管理人が殺されたんだ」

「殺された……。大変だね」

と言いながら、夕里子は他のことを心配していた。

綾子はソファに座って、自分もコーヒーを飲んでいるが、珠美の姿がない。

「あ、お姉ちゃん、お帰り」

珠美が台所からやって来て、「ちょうど良かった。夕ご飯どうするか、迷ってたの」

珠美がウインクするのに気付いて、夕里子は肯くと、

「そうだね。冷蔵庫に何か残ってたっけ」

「ああ、いいんだよ、僕は」

と、国友が言った。「現場に戻らなきゃならないしね」

「でも、ちょっと待って」

夕里子は、珠美と台所へ行くと、小声になって、「――あの二人は？」

と訊いた。

「薬のんで寝てる」

と、珠美も小声で答える。

「どうして国友さんを上げたのよ！」

「だって、綾子姉ちゃんが入れちゃったんだもの」

「ええ？」

自分が松木たちを匿まったくせに！

「あの二人、少し熱下がったみたい」

と、珠美は言った。

「そう……。ね、いつ目を覚まして出て来るかもしれないから、あんた、行って、絶対に出て来るなって言っといて」

「分った」

「全くもう……」

夕里子はため息をついた。

自分はココアを作って、カップを手に居間に入ると、

「——材料切らしてる。その辺で一緒に食べない？」

と、国友へ言った。

「今から？　少し早いけど、まあいいか。僕はその後、あのマンションに戻るよ」

「うん、そうしよう」

と言いながら、夕里子はジロッと綾子をにらんだ。

「——会田って管理人が殺されたんだ」

と、国友は言った。「背中を刃物で刺されてね」

「マンションの中で？」

「住込みなんで、受付の奥に部屋がある。そこで殺されてるのが見付かった。今のところまだ犯人は分ってない」

「武田沙紀が殺されたことと、関係ありそうね」

「うん。——ただ、現場にボタンが二つ落ちてた」

「ボタン？」

「女性のブラウスのボタンらしい。引きちぎったようでね。会田が女性を襲おうとし

て殺されたって可能性もある」

と、国友はコーヒーを飲み干して、「それより、武田沙紀のことで、色々分って来たんだ」

国友は、君塚牧郎と武田沙紀の関係を説明して、

「――何しろ、君塚ゆかりが一人でしゃべりまくっててね。あれじゃ、君塚牧郎も浮気したくなるかも、と思ったよ」

「それじゃ、囲ってたのは松木さんじゃなくて、その君塚って人だったのね」

と、綾子が言った。

「まあ、改めて、夫の方から詳しい話を聞こうと思ってる。奥さん抜きでね」

珠美が姿を見せて、夕里子の方に、「大丈夫」というように小さく肯いて見せた。

「じゃ、食べに出よう」

と、夕里子は言って立ち上った。「今日はおごるからね、国友さん」

「いいのかい？　こっちは月給前で助かるけど」

と、国友は言って笑った。

「珠美、お財布ね」

「任せて」

みんなで玄関へ出ると、綾子が、

「ひと言、言っといた方がいいんじゃない？」

と言った。「――あ」

「誰に？」

と、国友がふしぎそうに訊く。

「いえ……国友さんにね、ひと言、いつもご苦労さま、って言っといた方が……」

夕里子の苦し紛れの言いわけに、

「ありがとう。ここへ来ると、いつも元気づけられるんだよ」

と、国友は笑って言った。

国友が先に玄関を出ると、夕里子は綾子へ、

「後で思い切りつねってやるから！」

と言った……。

結局、珠美の、

「安くて量がある！」

という判断で、四人は近くの中華料理の店に入った。

気楽な店で、たいていの客はラーメン一杯。

店の奥では、今どき珍しくTVが点けっ放しになっている。

「――あ、ニュースでやってる」

と、珠美がTVを見て言った。

あのマンションの管理人が殺された事件である。

「あ！　国友さんがチラッと映った！」

「え？　本当？」

と、夕里子がTVの方を見たが、すでに国友の姿は消えていた。

「食べてる間は、事件のことを忘れたい」

と、国友は料理を取りながら言った。

ニュースはすぐに他の話題に切り替り、四人は食べる方に熱中していたが――。

「今、『君塚ゆかり』って言ったか？」

と、国友がTVの方を見る。

TV画面に、スーツ姿の君塚ゆかりが黒塗りのハイヤーを降りるところが映っていた。

「君塚ゆかり氏を、〈少子化担当大臣〉に任命しました……」

というリポーターの声。

「——大臣か」

と、国友は言った。「それで当人も舞い上ってたのかな」

すると、珠美が、

「あ、あいつだ！」

と言った。

同時に綾子が、

「あの人だわ」

と、手を止めて言った。

「——今夜、君塚氏は都内のホテルで誕生日のパーティを開くことになっており、何よりのプレゼントになったと思われます」

と、リポーターは結んだ。

「珠美、何が『あいつ』なの？」

と、夕里子が訊いた。

「空港で、私のこと、泥棒扱いした！　話したでしょ」

「ああ、そういえば君塚ゆかりだったわね」

「あんな奴が大臣じゃ、日本も終りだ」

と、珠美は言ってお茶をガブッと飲んだ。

「お姉さんも君塚ゆかりを知ってるの？」

「いいえ」

「でも、今、『あの人だ』って……」

「その人じゃなくて、後ろからついて歩いてた地味な人」

と、綾子は言った。「あの人だわ。松木さんを部屋へ運ぶの、手伝ってくれた人」

「何だって？」

国友がびっくりして、「確かかい？」

「ええ、絶対」

「あれはたぶん君塚ゆかりの秘書だろう」

と、国友が言った。

「君塚ゆかりの秘書が、松木さんを……」

と、夕里子は呟くように言った。

やや間があって、夕里子と国友はパッと顔を見合せた。

「国友さん、もしかして……」

「うん。これは偶然じゃない」

と、国友は肯いた。「綾子君、その女性は君がマンションから出て行くとき、戻って行ったと言ったね」

「ええ。忘れ物をしたとか言って」

「分ったわ」

と、夕里子は言った。「その秘書は、武田沙紀殺しの罪をなすりつける相手を見付けたのよ」

「うん。武田沙紀の死体を〈505〉へ運び、彼女がそこで暮していたと見せかけるために、衣類や化粧品も運んだ」

「でも、管理人は彼女が君塚牧郎に囲われてたと知ってたから……」

「新車だ。──管理人は金をつかまされて、嘘の証言をしたが、その金で車を買おうとした。僕がおかしいと思ってることを察して──」

「管理人を殺した？」

テーブルはやや重苦しい空気になった。

「──都内のホテルと言ったな」

と、国友はＴＶの方へ目をやって、「これから行ってみよう」

「招待状はないけどね」

と、夕里子は言った。

「でも……」

と、綾子はよく分っていない様子で、「ちゃんと食べてからにしない？」

17 宴

「どう？」

君塚ゆかりは、姿見の前に立って言った。

「ご立派です」

と、緑は言った。

「あなた、どう思う？」

ゆかりは、ソファでウトウトしかけていた夫、牧郎の方へ訊いた。牧郎はハッと顔を上げ、

「うん、いいんじゃないか」

「見もしないで」

と、ゆかりは笑って言った。

「ちゃんと見てる」

「まあいいわ。——さすが、こういうときはシャネルのスーツね」

胸もとに真紅のバラが燃えるようだった。

「——あなた、そのネクタイ、何とかならないの？」

「どこかおかしいか？」

「スーツの色と合ってないわよ。緑さん、何か見付けて来てくれない？」

「俺はこれでいい」

と、牧郎はあわてて言った。「お前のパーティなんだ。どうせ俺のことなんか、誰も見てやしない」

「まあそうね」

と、ゆかりは言った。「——じゃ、行きましょうか」

「まだ早くないか？」

「控室によ。会場にはもちろんまだ早過ぎるわ」

「ここは控室じゃないのか」

と、牧郎は気が抜けたように言った。

「控室は、パーティ会場と隣接した部屋です」

と、緑は言った。

「じゃ行くか」

三人は、〈仕度室〉を出てエレベーターへと向った。

「君は大変だったろう」

と、牧郎が緑に言った。「パーティの準備だけでなく、色々あったものな」

「これが私の仕事ですから」

と、緑が微笑む。「ですが――秀哉様のことが残念です」

「仕方ないわ。急にインフルエンザにでもかかったってことにしましょ」

と、ゆかりは言った。

エレベーターで、パーティ会場のフロアまで上ると、

「あ、お母さん！」

久美が可愛いワンピースで手を振る。

「似合うわよ」

「どうも。――お友だち、五、六人来てるの。入っていいでしょ？」

「パーティが始まったらね。あの男の子も来るの？」

「今井君？　彼とは別れたわ」

と、久美はサラリと言った。「今度の彼氏を後で紹介するね」

「好きにして」

と、ゆかりは苦笑した。「あんたも、控室に来て。会場には一緒に入るわよ」

「分った」

久美は、ロビーのソファに集まっている友人たちの方へ駆けて行くと、二言三言話してから戻って来た。

「――こちらです」

緑が、ゆかりたちを案内する。

〈君塚様控室〉という立て札がドアの前にあった。

「結婚式みたいだ」

と、久美が言って、さっさとドアを開けた。
二、三歩入って、ピタリと足を止めると、
「――お兄ちゃん！」

ゆかりも唖然として、ソファにタキシード姿で寛いでいる秀哉を眺めた。

「秀哉……」

「ちゃんと憶えてただろ？　母さんの誕生日」

「全く……。人に心配かけて！」

しかし、ゆかりは嬉しそうに息子の方へ歩み寄って、「ともかく良かったわ。みんな揃って」

「大臣だって？　おめでとう」

「ありがとう。これからお母さんはもっと忙しくなるわ、きっと。協力してね」

「うん」

秀哉は髪もカットしたばかりという様子で、パリッとしていた。

「お兄ちゃん、そのタキシードは？」

「これはこのホテルのさ。母さんの名前で借りた。後で請求書が来るだろ」

緑は、ドアの所で、

「それでは、時間を見て、こちらへお迎えに上りますので」

「ご苦労さま」

「何かお飲物を？」

「そうね。——喉《のど》が渇くわ。冷たいウーロン茶を」

「かしこまりました」

緑が出て行ってドアを閉める。

「秀哉、お前、何だってあんなことを――」

と、牧郎が口にしかけると、

「あなた！　今はやめて」

と、ゆかりが遮った。「いいのよ。秀哉が戻ってくれただけでいいの」

秀哉は、会社中を叩き壊して回ったことなど忘れたように、久美をからかっている。それはいつもの兄妹の姿だった……。

「皆様、本日はご多忙の中、君塚ゆかりのバースデーパーティにおいでいただき、ありがとうございます……」

司会者の声が会場に響いている。

「――どこかおかしくない？」

と、ゆかりは久美の方へ訊いた。

「大丈夫。堂々としてるよ」

と、久美が言った。

「いい？　私の後から、お父さん、秀哉、久美の順で入るのよ」

「分ってるわよ、お母さん」

と、久美がウインクして見せる。

ゆかりも人前に出ることは慣れている。しかし今日は特別だ。

「先生」

緑がドアを開けて顔を出した。「こちらへ」

パーティ会場は、このホテルの一番広い宴会場である。

正面の壇上にマイクがある。壇へ上る手前まで、ゆかりは進んで行った。

「では、君塚ゆかりよりご挨拶申し上げます」

司会者は民放TV局のアナウンサー。男女のペアで、誰でも顔は見知っていた。

ゆかりが登壇すると、広い会場を埋めた人々の拍手が空気を揺がした。

ゆかりに続いて、夫の牧郎、秀哉、久美が壇上に上る。

「——君塚ゆかりでございます」

と、少し固い口調で言うと、

「大臣！」

と、誰かのかけ声が響いて、ドッと笑いが起った。

そして再び、今度は祝福の拍手がゆかりを包む。——ゆかりは胸が熱くなった。

ＴＶカメラが入っている。――緑から、

「ニュース用だけでなく、生中継している局もあります」

と聞かされていた。

とうとう、ここまで登りつめたのだ！

「ありがとうございます」

と、ゆかりは言った。「大臣の件につきましては、突然のご指名で、まだ心の整理がつかない状態です。けれど、今まで私を支えてくれたのが、私の家族であることは確かです。そしてこれからも変らないでしょう」

ゆかりは家族の方を振り向いて、

「ご紹介させて下さい。――主人の君塚牧郎です。それから息子の秀哉、娘の久美でございます」

拍手がまた湧き起る。

「これからも、この家族の支えあってこそ、私は使命を果すことができるのです」

と、ゆかりが言った。

そのとき秀哉が一人、進み出ると、マイクの方へやって来た。ゆかりは戸惑った。

「僕からひと言、言わせて」

秀哉は母を押しやるようにして、マイクの前に立った。「息子の秀哉です。皆さんに、うちの家族をもう一人、紹介したいと思います」

「秀哉……」

「紹介します。安西涼。――僕の妻になる人です」

ゆかりは、会場の人々の間から、赤いワンピースの少女が進み出て、秀哉に手を取られて壇上に上るのを、ただ眺めているしかなかった。

この女の子――。あの防犯カメラのビデオで、秀哉と一緒に会社を叩き壊していた子だ！

「安西涼です。よろしくお願いします」

少女が挨拶すると、やや当惑気味ながら、会場から拍手が起る。――ゆかりも、こんな所で秀哉と言い争うわけにいかなかった。

秀哉はちゃんとそれを承知で突然少女を呼び出したのだ。

ゆかりは、ともかく何とか笑顔を作って、安西涼へ会釈したのだった……。

そして、このとき、TV中継を病院で見ていた、脚を撃たれたサブが、悲鳴を上げていた。

「こいつだ！　この女だ！」

その金切り声にびっくりして、看護師が飛んで来た……。

その後は政界、財界の大物の祝辞が、何人も続いた。その間、ゆかりを始め、一家は壇上で並んでじっと立っているのである。

安西涼も、秀哉と並んで立っていた。

「――ありがとうございました」

と、司会者が言った。「では、ここで乾杯に移らせていただきます。皆様、お手もとにグラスをご用意下さい」

女性の司会者がゆかりの方へやって来てメモを渡した。

〈稲川様が遅れるとご連絡。乾杯は赤木様に〉

ゆかりは、壇上へ上って来る保守政党の幹事長へ、頭を下げた。

幸い、赤木の挨拶は短くすんで、乾杯が終った。

「これよりしばらくお食事を召し上りながら、ご歓談下さい」

司会者の言葉で、客は立食の料理のテーブルの周囲へと群らがった。

ゆかりはむろん食事などしていられない。挨拶しなくてはならない相手が何百人もいる。

「秀哉。——後でゆっくり話しましょ」

と、ゆかりは言った。

「でも、みんなに言っちゃったよ」

秀哉は涼の肩を抱いた。

「仕方のない子ね！——あなた、ついて来て」

ゆかりは夫を従えて、人々の間へと入って行った。

「何か食べるかい？　取って来よう」

と、秀哉は涼に言って、料理の並ぶテーブルの方へと歩いて行った。

久美も友だちの方へ行ってしまい、涼は一人、壇の脇で立っていたが……。

「——涼」

と呼ばれて振り返った。

涼はその女性をしばらく見つめていた。

「お姉ちゃん？」

と、目を見開いて、「緑お姉ちゃん？　本当に？」

「うん」

緑は肯いて、「驚いたわ。あんた、どうしてこんな所に……」

「お姉ちゃんはどうして？」

「私は、君塚先生の秘書。北抜緑って名前でね」

「北抜って、お母さんの――」

「旧姓よ。あの安西って男はどうしたの？」

「ろくでなしだった」

と、涼はひと言、言った。

「そうか……。お母さん、すぐ男に騙される人だからね」

「私……家から逃げ出したの。安西って男、私に手を出そうとしたから」

「まあ！　――辛かったね」

緑は、涼の肩を抱いて、「ごめんね。お姉ちゃんはさっさと逃げ出しちゃって。あんた一人に……」

「お姉ちゃん……。こんな所でお姉ちゃんと会えるって分ってたら……」

涼は、緑の腕にすがるようにして泣き出した。

「涼……。どうしたの？　――こっちへ来て」

緑は、会場の隅、衝立《ついたて》のかげに妹を連れて行った。涼は涙を拭って、

「お姉ちゃん……。私、こうしていられるのも、あと少し」

「何のこと?」

「警察が私を捕まえに来る」

「あんたを?　どうして?」

「私——人を殺したんだ」

緑は愕然とした。


「凄い人数だな」

と、国友が言った。

国友と夕里子たち三姉妹は、君塚ゆかりのパーティ会場の入口にやって来た。

「ともかく、あの秘書を呼んでもらおう」

国友が、パーティの受付に立っている女性に話しに行く。

夕里子たちは少し離れて、ロビーに立っていたが、

「——お姉さん?」

綾子がいつの間にかそばにいない。「どこ行った?」

「知らない」

と、珠美が肩をすくめて、「何かケータイで話しながら、向うへ行っちゃったけど」

「お姉さんいないと意味ないのに」

夕里子がやきもきしていると、綾子が戻って来た。

「国友さんは？」

「今、あの秘書を呼んでもらいに行ってる。どこに行ってたの？」

「うん、ちょっと……」

と、綾子は曖昧《あいまい》に言った。

国友が戻って来て、

「今、呼びに行ってもらった。北抜緑というそうだ」

「ともかく、お姉さんと会ってもらわないとね。──逃げたりしないかしら」

「こんなパーティの中だ。TV中継まで入ってる。まあ、こっちも話を聞くだけで、騒ぎになるのは避けたいからね」

「そうね。君塚にしても、今さら逃げたりできないわね」

パーティ会場は人で溢れ、どこに主役がいるのやら、さっぱり分らない。

やがて会場からスーツ姿の北抜緑が現われ、受付の女性が国友の方を手で示した。

「──お待たせしまして」

と、やって来ると、「君塚ゆかりの秘書、北抜緑ですが」

「あのマンションのロビーでお会いしましたね」

と、国友は言った。

「そうでした」

「あのとき、あなたは武田沙紀のことを知らないと言った。彼女を殺したとされている松木浩一郎のこともね」

「はい」

「しかし、武田沙紀は、あなたの雇い主、君塚ゆかりの夫の元秘書で、かつ恋人だったんですよ」

「雇われている身には、関係ないことです」

「しかし、少なくとも松木のことは知っていたはずだ」

「なぜですか」

「――私と一緒に、松木さんを運んだからです」

夕里子のかげに隠れていた綾子がそう言って出て行くと、緑はハッとした。

「あなた……」

「私、凄くもの憶えが悪いんです」

と、綾子は言った。「でも、あなた、あのときも今と同じスーツでした」

緑は目を伏せた。

「――隠してもむだです」

と、国友は言った。「あなたは松木が酔って眠り込んでいるのを見て、武田沙紀殺しの犯人に仕立てることにした。むろん、武田沙紀は、〈702〉の、君塚牧郎の部屋で殺されていたんです」

「それは……」

「殺したのは君塚牧郎。そうですね。――どんなに片付けたつもりでも、〈702〉を詳しく調べれば、必ず血痕や指紋が出る。白状してしまった方がいいですよ」

「――違います」

「違う、とは？」

「沙紀さんを殺したのは、君塚さんではありません。あの方にそんなことはできません」

「しかし、松木を犯人に仕立てようとした」

「確かに」

と、緑は肯いた。「先生に頼まれたんです。今、スキャンダルを起すわけにはいかない、と」

「詳しくは、署で聞きましょう」

「待って下さい」

と、緑は言った。「せめて――このパーティが終ってからにして下さい！　事が公になれば、先生を大臣にという話も消えて失くなるでしょう。でも、今先生は、幸せの絶頂にいるんです。せめて――TVカメラの前で、その夢が壊されるのは気の毒で……」

そのとき、

「そんな勝手な話があるか！」

と、怒りの声がした。

振り向いた夕里子たちは、

「松木さん！」

と、同時に叫んだ。

松木と三輪茜が立っていたのである。

「もう大丈夫なんですか？」

と、綾子が訊いた。

「ありがとう、佐々本君。おかげで熱が下った。――この刑事さんと君らの話を聞いていたよ。そして、ＴＶでこのホテルだと知って、やって来た」

「良かった」

と、国友は肯いて、「もっと早く出て来てほしかったですね」

「すみません。しかし、逃げている内に、あんなひどいことになってしまい……」

——しかし、緑の目は松木でなく、三輪茜の方へ向けられていた。そして茜もまた……。

「茜！　——茜なのね！」

「お姉さん！　じゃあ……本当に？　ＴＶでチラッと見て、似た人だと思ってたけど」

このやりとりに、誰もが呆気に取られた。

「姉妹だったの？」

と、珠美が言った。

「お姉さん！」

茜が緑へ駆け寄って抱きついた。

「茜……。あんた、この人と一緒に？」

「成り行きだったの。でも、好きよ、今は」

と、茜は松木を見て微笑んだ。「でも、もう……おしまいだわ。せっかく会えたのに」

「茜——」

「私、婦人警官を殺してしまったの。弾みだったけど」

と、茜は言った。「そしてこの人も……」

「僕も、人を殺してしまった」

「松木さんが？　誰を？」

と、綾子がびっくりして訊いた。

「僕らを助けてくれてた人を……」

「皆川さんといって、私の勤めていた〈Sストア〉の部長さん」

と、茜が言った。「誤解から、そんなことに……」

「運が悪いのね、私たち」

と、緑は茜の頰の涙を拭った。

すると、

「誰を殺したって？」

と、声がした。

振り向いた茜と松木が呆然としている。

「失礼。今、『殺された』ことになっていた皆川です」

三つ揃いのスーツで、グラスを手にしている。

「生きてらしたの！」

「いや、刑事さん、この人にポカッとやられてね、気絶しただけなんです。この人たちは早とちりでね」

首を絞められたのだから、そんなわけはないのだが、皆川は笑顔で、

「松木さん。茜さんのことは、あなたと僕で支えて行きましょう」

と言った。

「ああ……。良かった！」

茜は松木の手を握って、「あなたはこれで逮捕されずにすむのね！」

「しかし、君は……。僕のせいで、あんなことに……」

「いいの。私たち姉妹って、ずっと損をするように生れついてるみたい」

「茜……」

緑が茜の肩を抱いた。

すると、そこへ、

「いたぞ!」

と、男たちが数人、バラバラと走って来た。

「待って下さい!」

と、国友が進み出て、「捜査一課の者です」

「俺たちの用があるのはその女だ!」

夕里子が、アッと短く声を上げて、

「あの公園にいた刑事さんたちね」

「仲間を殺しやがって!」

若い刑事が怒りに任せて茜の髪をつかんで引き倒した。

「やめて下さい!」

緑が止めようとするのを突き飛ばし、若い刑事が茜の腹をけりつけた。茜が体を折って呻いた。

「何するんだ!」

国友がその刑事の肩をぐいとつかむと、拳で殴った。引っくり返った刑事は、

「邪魔するな! 同じ警官のくせに!」

「馬鹿! 警官が人を殴ってどうするんだ!」

と、国友が怒鳴りつける。

「邪魔すると、誰だろうと容赦しないぞ」

と、若い刑事が、むきになって立ち上った。

そのとき、鋭い破裂音が響き渡った。

誰もが、しばらく立ちすくんでいた……。

茜をけった刑事が左腕を押えて、よろけた。——血が流れ落ちる。

「お姉ちゃんに何てことするの！」

赤いワンピースの少女が、両手で拳銃を構えて立っていた。硝煙が消えて行く。

「——涼？」

茜が緑に支えられて起き上ると、「涼なの？」

「お姉ちゃんに手出ししたら、殺してやるから！」

「涼、やめなさい」

と、緑が言った。「そんな物、どうして——」

「これは私のものよ！」

と、涼が言った。「動いたら撃つからね！」

銃声は、パーティ会場にいた報道陣にも届いていた。会場からゾロゾロと人が出て来る。

「出て来るな！」

と、国友が言った。

「退がって！」

涼が銃口を向けると、たちまちパニックになった。

「銃を持ってる！」

「テロリストだ！」

「人が撃たれた！」

——広い会場に、アッという間に混乱が広がった。

ドドド、と床を揺らす勢いで、パーティの客が雪崩《なだれ》を打って出て来る。西部劇で見る、スタンピード（牛の群の暴走）のようだった。

夕里子たちも、その人の勢いを避けるので精一杯だった。

ロビーへと広がった人の流れは、ＴＶカメラも含めて、数分の間続いた……。

「もう通り過ぎた？」

夕里子は、ロビーを見回した。

「らしいな……」

国友も呆然としている。

「茜君は……」

松木がヨロヨロと立ち上った。人に押し倒されていたのだ。

「――あの人たち姉妹だったのね」

と、珠美が言った。「三人姉妹？　うちと同じだ」

「でも――どこに行ったの？」

と、綾子が言った。

三人の姿が見えなくなっていた。

夕里子たちがパーティ会場へ入ってみると――。

「どうしたの？」

と、壇上に立って、「何があったの？」

と、両手を振り回しているのは、君塚ゆかりだった。

「おい……。どうなってるんだ？」

と、夫の牧郎が言った。

「知らないわよ！　私の会だったのに！」

「失礼」

と、国友が声をかける。

「あら……。刑事さんね」

と、ゆかりは言った。「あなたのせいで、こんなことに？」

「いいえ。――秘書の方から聞きましたよ。武田沙紀の死体を〈702〉から〈505〉へ移したこと」

「何の話？」

「殺したのはご主人ですか？」

「違う！　俺じゃない！」

「しかし、だからといって、何の罪もない人に、殺人の罪を着せるというのは、ひどい話ですよ」

「何を言うの！」

と、ゆかりは国友をにらんで、「私は大臣なのよ！　分ってるの？」

「残念ですが、あなたも捜査の妨害などで逮捕せざるを得ません」

「馬鹿言わないで。私は大物なの。私に手を出せば、あなたがクビよ」

と、ゆかりは胸を張って言った。

すると、会場に笑い声が響いた。

「――誰だ？」

と、国友が言うと、

「すみません。井上です」

井上刑事と一緒に入って来た女性を見て、

「あ！　あのときの」

と、珠美が言った。「向井直子さんだ」

「あら、あなたね」

と、直子が言った。「君塚ゆかりさんと、ここでまた会うなんてね」

「――大物とは、あんたなどではない」

と言ったのは――。

「大貫警部です」

と、井上は言った。「安西涼さんを捜してるんですが」

「いくらでも料理が食べられるな」

大貫が、料理を皿に取ってせっせと食べている。

「先生」

緑が壇上に上って来た。「すみません」

「裏切ったのね！」

「先生……。あのとき、ちゃんと通報しておくべきだったんです。いずれ分ってしまうことでした」

「待ってくれ」

と、牧郎が言った。「本当に俺がやったんじゃない！」

「ともかくご同行下さい」

と、国友は言った。

「いや、俺は――」

そのとき、ゆかりの顔がパッと明るくなった。

「稲川先生！」

と、壇から下りて、会場へ入って来た稲川へ駆け寄る。「よくおいで下さいました！」

「うん……。とんでもないことになったもんだな」

と、稲川は言った。

「いいえ、そんな大したことでは……。これは間違いなんです。ええ、そうですわ。

——何があろうと、私は大臣として立派にやってみせます」

と、ゆかりが言った。

「大臣の話は白紙だ」

と、稲川が言った。「今、総理から電話があった」

「そんな……。私……何もしてません。悪いことなんて、何も……」

ゆかりはそう言いかけて、よろけると、テーブルにつかまった。

「先生！」

緑が駆け寄る。

「私は……大臣なのよ……」

ゆかりが呟くように言った。

「クビになれば、『ただの人』だ」

と、大貫がムシャムシャ食べながら、「政治家ほど哀れな職業もないな」

壇の上に、茜と涼が上った。

「私は婦人警官を殺しました」

と、茜は言った。「連行して下さい」

涼は拳銃を手にしていた。

「お姉ちゃん……。行くの？」

「うん。——間違いでも人を死なせたんだもの」

「私はいやだ！」

と、涼は言った。「私、これで自分にけりをつける」

「その子がテロリストか」

と、稲川が笑って、「TVじゃ、どんな恐ろしい男かと大騒ぎしてるぞ」

「——涼、よせよ」

と、秀哉が出て来て、「僕はちゃんと待ってるからさ。君が戻って来るのを」

「迷惑かけたくない。——私、前科者になるんだよ」

「僕なんか、迷惑のかけっ放しだよ」

と、秀哉は笑って、「他人に迷惑かけないで生きてる人間なんていやしないさ」

「秀哉……」

差し出した秀哉の手に、涼はそっと拳銃をのせた。

「良かった」

と、直子が微笑んで、「お母さんも喜ばれるわ」

「お母さんに……会ったの？」

「ええ。あなたに謝りたいって、必死で捜してるのよ」

「そうなんだ……」

涼は涙を拭った。

「ご苦労だな」

と、稲川が国友へ言った。

そのとき、涼が足を止め、

「――その人だ」

と言った。

涼の目は稲川を見ていた。

「何のこと？」

と、直子が訊く。

「あのマンションで見た……」

「え？」

「私――食べ過ぎて、お腹の調子が悪くて」

と、涼が言った。「トイレに行きたくてたまらなかったの」

「ちょうど南麻布だったんだ」

と、秀哉が言った。「店らしい店もなくて困ってたら、ちょうどうちの持ってるマンションの前だった。誰かいるかもしれないと思って、ロビーに入ったら……」

「受付の奥から、誰か出て来たの」

と、涼は言った。「私、急いでソファのかげに隠れた。——少しして、今度は女の人が出て来たわ。緑姉ちゃんだとは気付かなかったけど、ひどくあわててた」

「インターホンで呼んでも誰も出なくて」

と、秀哉が言った。「管理人室のトイレを借りようとして、奥に入ったら……」

「人が死んでた」

と、涼は言った。「怖かったけど、我慢できなくて、トイレ使って、すぐ出て来たわ。あのとき、最初に管理人室から出て来たの、その人だった」

涼が、稲川を指さした。

「あのとき……」

と、緑が言った。「管理人の会田に襲われかけて、押え付けられたけど、誰かが会田を刺したんです。姿は見えなかった」

「私だと言うのか」

と、稲川がムッとしたように言った。

「会田が言ったわ。『先生』が何だって。金があって、女もいるのに、自分の気持なんか分らないって。――私、『先生』って、ゆかり先生のことだとばっかり思ってた。でも、お金はともかく『女もいる』って、妙よね。じゃ、稲川先生が？」

牧郎が壇に腰かけて、

「沙紀が言ってた。――偉い人に言い寄られて困ってるって。名前は口にしなかったが……」

牧郎は顔を紅潮させて立ち上ると、「沙紀を殺したのか？　そうなんだな！」

と、稲川へ駆け寄った。

「よせ！」

二人がもつれ合って転る。

国友と井上が二人を引き離した。

稲川が立ち上って、ネクタイを直した。

「まあ、先生……」

ゆかりがやって来て、「主人がとんでもないことを……。申し訳ありません」

と、頭を下げる。

稲川は息をつくと、

「総理から言われたんだ。——君の身辺を調べておけと。亭主のことを調べると、あの女を囲っているのはすぐ分った。どんな女だろう、と興味があって、見に行った……」

稲川は、息を弾ませている牧郎を見て、

「こんな男にはもったいない女だった……。私は何度か彼女に会った。しかし——いくら金を出すと言っても、彼女は私を拒み続けたのだ」

稲川は苦笑して、「この年齢《とし》で女に夢中になるとは思わなかったよ。しかし、あの女は私をはねつけたんだ」

「だから殺したんですか」

と、夕里子が言った。

「他の男に抱かれている彼女を想像すると、苦しくてたまらなかった。——いっそ、殺してしまう決心をした。あの管理人に金をやって、合鍵を作らせ、そいつがシャワーを浴びてる間に……」

「じゃ、管理人の口をふさぐために……」

「あいつは、事情を察すると、金を要求して来た。すでに充分渡してあったのにな。欲張り過ぎたのだ……」

稲川はニヤリと笑って、「私は病気でね、あまり先がない。話は手短かにしてくれ」

と言った。

夕里子がパーティ会場を見回して、

「何だか……凄いことになったわね」

と言った。

「――お姉ちゃん」

涼が言った。「ごめんね、心配かけて」

「馬鹿ね！」

緑と茜が両側から涼を抱きしめた。

「あの写真と同じね」

と、直子が言った。

カシャッと音がして、珠美がケータイで三人を撮っていた。

「母のことをお願い」

と、茜が松木へ言った。「男運の悪い人なの」

「うん、任せてくれ」

秀哉が涼のそばへ寄って、

「ついて行くよ。僕も償うことがある」

と言った。

「うん……」

涼たちが井上と直子と一緒に出て行く。

国友が、

「待ってくれ。拳銃は？」

と、呼び止めた。

「え？　――あれ？」

秀哉がポケットを押えて、「どこにやったっけ？」

そのとき、鋭い銃声がした。

稲川が拳銃を手に、崩れるように倒れた。

「しまった！」

国友が駆け寄った。――稲川はこめかみを撃ち抜いていた。

「何も、死ななくても……」

と、茜が言った。

「そうよ、私たちも」

と、緑が言った。「今度はきっと三人で暮しましょう」

「お母さんも入れて四人」

と、涼が言った。

「そうか。四人だ」

「そこまで一緒に行こう」

「そうね、姉妹三人で……」

行きかけて、茜が夕里子たちの方へ、

「ありがとう。――あなた方のような姉妹に、私たちもなりたいわ」

と言った。

国友も、井上も出て行く。

「あーあ」

と、ため息をついたのは久美だった。「私一人、除《の》け者《もの》だ」

「そうね。ご両親とお兄さんも行っちゃった」

と、夕里子が言った。「うちへ来る？」

会場へ警官が入って来た。

「もったいない。食ってから行け」

一人、食べ続けているのは大貫だった。

「よく食べられますね」

と、夕里子が言った。「あそこで人が死んでるのに」

「大物というなら、せめてああいう死に方をするくらいでないとな」

と、大貫は言った。「通夜でも仏をしのんで、飯を食うだろ」

「それはそうですけど……」

夕里子たちは、やっぱり何も食べずに会場を後にしたのだった……。

エピローグ

「〈悲劇の三姉妹〉だって」

と、珠美が週刊誌を広げて言った。

「そうかなあ」

と、夕里子が言った。「確かに、ツイてない三人だったけどね」

夕食の仕度に、三人は忙しかった。

「ほら、サラダボウル。——でも、お互い憎み合う三姉妹より、ずっといいと思うよ」

「そうだね。そう大した罪にならないでしょ。——きっと三人で生きて行くね」

と、珠美が言った。「はい、スープ」

「君塚ゆかりはどうするのかしら」

と、綾子が言った。

取調べを受け、一応夫婦も保釈されていた。

そして、三人姉妹の中で、長女の緑は釈放されて母親と暮していた。

「でも、今度の事件がなかったら、あの三人が一緒になること、なかったかも」

と、夕里子は言った。

「そうね。物事は考えようね」

と、綾子は言って、「――ご飯、多めに炊いた？」

「うん。何しろよく食べる人がいるから」

チャイムが鳴って、夕里子は、「国友さんだ！」

と、玄関へと駆けて行った。


（終）

解説

山前　譲

　この長編ミステリー、まずタイトルにちょっと驚かされるのではないでしょうか。『三人姉妹殺人事件』——三人姉妹が殺されてしまう!?　赤川作品で三人姉妹といえば、もちろん佐々本家の三人です。まさか彼女たちが？

　大学生の綾子、高校生の夕里子、そして中学生の珠美の三人姉妹は、第一作の『三姉妹探偵団』以来、父親が海外出張中に限って、数々の事件に遭遇してきました。もちろん（？）、殺人事件の謎もたくさん解決しています。ですから、「殺人事件」というささかショッキングな言葉だからといって、ビックリなんかしないと言われてしまうかもしれません。

　一方で、彼女たちの活躍の愛読者ならば、シリーズのタイトルに、ミステリーではお馴染みの「殺人事件」がこれまでまったく含まれてこなかったことに気付いているでしょう。『三姉妹探偵団４　怪奇篇』や『三姉妹探偵団６　危機一髪篇』、あるいは『死神のお気に入り　三姉妹探偵団12』と、なんだか物騒なタイトルは色々ありましたが……。

いや、それよりも何よりも、「三姉妹」ではなく「三人姉妹」となっているところに、違和感を覚えなくてはいけません。意味としてはまったく同じですが、そのちょっとした違いが何かを示唆している——そう思いませんか？　綾子、夕里子、珠美の活躍は、「三人姉妹探偵団」ではなく、あくまでも「三姉妹探偵団」なのですから。

じゃあ、佐々本家とは関係のない、別の三人姉妹が巻き込まれてしまったミステリー？　いえ、安心してください。ちゃんと（？）、佐々本家の三人姉妹が殺人事件の謎に挑んでいます。

殺人事件と縁ができてしまったのは長女の綾子です。〈Ｓストア〉でチーフをしている松木の自宅マンションで、女性の死体が発見されます。前夜、酔っ払って帰ってきた彼にはまったく身に覚えがありません。警察が駆けつけてきたのであわてて逃げ出し、同じ職場の三輪茜のもとへ……。泥酔状態だったその松木をマンションまで送ったのが、〈Ｓストア〉で短期アルバイトをしていた綾子でした。

その逃走劇に、深夜、勤務先のオフィスを叩き壊して回った君塚秀哉と、その現場をたまたま目撃してしまった安西涼の逃避行が並走します。家出中で住む場所もなかった十六歳の涼は、「この人と出会ったのは、私の運命なんだ！」と思って、秀哉と行動をともにするのでした。

一方、その秀哉の母で教育評論家の君塚ゆかりも、とんでもないトラブルに直面します。半年後の参議院選挙に与党から出馬することになっていました。なんとかしなくては！　秘書の北抜緑のアイデアでうまく危機を回避したのですが……。

複雑に絡み合う物語が、どんどん謎を深めていきます。はたして殺人事件の真相は？　逃亡劇と逃避行の行く末は？

ところで、世界中で一番有名な三人姉妹といえば、残念ながら佐々本三姉妹ではなく、アントン・チェーホフの戯曲「三人姉妹」（一九〇一年初演）に登場した、オルガ、マーシャ、イリーナの姉妹でしょう。高級軍人だった父を亡くし、華やかな生活とは縁がなくなり、田舎暮らしに不満を抱く三人は、かつて住んでいたモスクワへ帰ることを夢みています。それが現実逃避の手段でした。

最初はなんとも情けない様子の三人姉妹が、やがて自身の将来を見据えていきます。「チェーホフ四大戯曲」のひとつとして知られるこの戯曲は、日本でもこれまで幾度となく上演されてきました。そんな有名な戯曲によってイメージされたのか、あるいは三人姉妹のトライアングル構造にドラマとしての魅力があるのか、「三人姉妹」あるいは「三姉妹」はエンタテインメントの世界でよくタイトルに謳われています。

たとえばテレビドラマでは、一九六三年にフジテレビで『三人姉妹』が、一九六七年にNHKの大河ドラマで『三姉妹』が、一九七四年にはTBSで『三人姉妹』が放映されました。小説では、ちょっと調べてみただけでも、竹田敏彦、中村八朗、中河与一、藤原審爾、見延典子、大島真寿美といった作家の著書に、『三人姉妹』と題されたものがあります。

作中で三姉妹が中心にいるものを挙げていけば、切りがないでしょう。たとえばミステリーならば、やはり横溝正史『獄門島』（一九四九）です。金田一耕助の戦友の妹、月代、雪枝、花子が、不可解な見立て殺人に巻き込まれていました。瀬戸内海の小島を舞台にしたこの長編は、日本ミステリーのベストテンを選べば必ずそこに入る傑作です。

ただ赤川作品では、「三姉妹探偵団」のパワーに圧倒されてしまうのか、恋とサスペンスに姉妹が翻弄される『夢みる妹たち』（一九九二）や、木立に囲まれた静かなペンションが舞台の『そして、楽隊は行く』（二〇〇〇）くらいしか、三人姉妹の物語は思い浮かびません。二人姉妹なら、映画にもなった『ふたり』ほか、双子の南条姉妹のシリーズ、『昼と夜の殺意』、『怪談人恋坂』、『恋占い』など、色々あるのですが……。

謎めいたタイトルからして興味をそそるこの『三人姉妹殺人事件』は、二〇一一年四月、赤川さんの作家生活三十五周年を記念して書き下ろされました。ちょっと特別な作品だからということなのでしょう、ひとつ楽しい趣向が織り込まれています。赤川作品の愛読者なら、最初のほうにあの人物が登場したことで、推理できるかもしれません。

そして二〇一三年四月、講談社ノベルスの一冊として刊行された時、赤川さんはこうした言葉を寄せていました。

いつもの佐々本家の三姉妹と、哀しい運命に翻弄される三人姉妹の出会うお話である。

今どき、「運命に弄ばれる」なんて、古くさいかもしれない。けれども、今も世の中が不景気になれば、そのしわ寄せは真先に女性に行くのである。登場人物の悲運に同情してくれたら、ぜひ日本が女性の権利に関して、まだまだ立ち遅れた国だということを思い出してほしい。

「雇用の分野における男女の均等な機会及び待遇の確保等女子労働者の福祉の増進に関する法律」——なんだか正式名称は長ったらしいですが、いわゆる男女雇用機会均等法が施行されたのは一九八六年四月でした。

赤川作品を読んでいると、女性たちがじつに元気で（元気すぎ？）、あまり実感しないのですが、これは男の仕事、これは女の仕事、というイメージがかつてはありました。たとえ看護婦が看護師なり、保母が保育士と名称が変わっても、なかなか固定観念は覆りません。そして得られる収入においても、男女の格差は間違いなくありました。そして、男女雇用機会均衡法ができたからといって、その格差が解消されたわけではありません。

もちろん体力的には、男女の性差はあります（同性であってもその差はありますが）。負担のかかる労働に関しては十分配慮されるべきでしょう。そして男女の性差の最も大きいものは出産です。赤川さんは日本社会に大きな警鐘を鳴らしたエッセイ書『三毛猫ホームズの遠眼鏡』（二〇一五）のなかで、〝私の知り合いの女性はセルビアで結婚、出産したが、妊娠中、どこへ行っても人々がやさしく、何か列に並んでも必ず先に回してくれたと語っていた。子供が生まれるということを社会全体で喜び、支えてくれたのだ〟と述べていました。

少子高齢社会どころか少子超高齢社会になりつつある日本において、色々な意味で女性の力がますます必要になってきています。にもかかわらず、待機児童の問題などがあり、女性がその能力をフルに発揮できるような、そして安心して子育てができるような日本社会にはなっていません。

佐々本家の三人姉妹はじつにパワフルですが、現実社会では誰もがそんな生き方はできないでしょう。ただ、男性中心の社会をものともせず、弱者への温かい視線を失わない三人姉妹だからこそ、このシリーズは読み継がれてきたのではないでしょうか。

本書『三人姉妹殺人事件』が刊行されてから五年、二〇一六年に赤川さんは作家生活四十周年という大きな節目を迎え、『東京零年』で第五十回吉川英治文学賞を受賞しました。そして二〇一七年三月にはオリジナル著書が六百冊に到達しました。おめでた続きに佐々本家の三姉妹もきっと喜んでいるはずです。でも、そろそろ危ないこととは縁を切りたい……などとは、決して思っていないでしょうね？

本書は二〇一三年四月に講談社ノベルスとして刊行されました。

|著者|赤川次郎　1948年福岡県生まれ。'76年に『幽霊列車』でオール讀物推理小説新人賞を受賞しデビュー。「四文字熟語」「三姉妹探偵団」「三毛猫ホームズ」など、多数の人気シリーズがある。クラシック音楽に造詣が深く、芝居、文楽、映画などの鑑賞も楽しみ。長年のミステリー界への貢献により、2006年、第9回日本ミステリー文学大賞を受賞。2016年には吉川英治文学賞受賞。2017年には著作が600冊となる。

三人《さんにん》姉妹《しまい》殺人《さつじん》事件《じけん》　三姉妹探偵団《さんしまいたんていだん》24

赤川《あかがわ》次郎《じろう》

講談社文庫

定価はカバーに
表示してあります

2017年3月15日第1刷発行

発行者——鈴木　哲
発行所——株式会社　講談社
東京都文京区音羽2-12-21　〒112-8001
電話　出版（03）5395-3510
　　　販売（03）5395-5817
　　　業務（03）5395-3615

Printed in Japan

デザイン—菊地信義
本文データ制作—講談社デジタル製作
印刷———株式会社KPSプロダクツ
製本———株式会社国宝社

落丁本・乱丁本は購入書店名を明記のうえ、小社業務あてにお送りください。送料は小社負担にてお取替えします。なお、この本の内容についてのお問い合わせは講談社文庫あてにお願いいたします。

ISBN978-4-06-293617-0

講談社文庫刊行の辞

二十一世紀の到来を目睫に望みながら、われわれはいま、人類史上かつて例を見ない巨大な転換期をむかえようとしている。

世界も、日本も、激動の予兆に対する期待とおののきを内に蔵して、未知の時代に歩み入ろうとしている。このときにあたり、創業の人野間清治の「ナショナル・エデュケイター」への志を現代に甦らせようと意図して、われわれはここに古今の文芸作品はいうまでもなく、ひろく人文・社会・自然の諸科学から東西の名著を網羅する、新しい綜合文庫の発刊を決意した。

激動の転換期はまた断絶の時代である。われわれは戦後二十五年間の出版文化のありかたへの深い反省をこめて、この断絶の時代にあえて人間的な持続を求めようとする。いたずらに浮薄な商業主義のあだ花を追い求めることなく、長期にわたって良書に生命をあたえようとつとめるところにしか、今後の出版文化の真の繁栄はあり得ないと信じるからである。

同時にわれわれはこの綜合文庫の刊行を通じて、人文・社会・自然の諸科学が、結局人間の学にほかならないことを立証しようと願っている。かつて知識とは、「汝自身を知る」ことにつきていた。現代社会の瑣末な情報の氾濫のなかから、力強い知識の源泉を掘り起し、技術文明のただなかに、生きた人間の姿を復活させること。それこそわれわれの切なる希求である。

われわれは権威に盲従せず、俗流に媚びることなく、渾然一体となって日本の「草の根」をかたちづくる若く新しい世代の人々に、心をこめてこの新しい綜合文庫をおくり届けたい。それは知識の泉であるとともに感受性のふるさとであり、もっとも有機的に組織され、社会に開かれた万人のための大学をめざしている。大方の支援と協力を衷心より切望してやまない。

一九七一年七月

野間省一

講談社文芸文庫

笙野頼子

猫道 単身転々小説集

解説＝平田俊子　年譜＝山﨑眞紀子

自らの住まいへの違和感から引っ越しを繰り返すうちに猫たちと運命的に出会い、彼らと安全に暮らせる空間が「居場所」に。笙野文学の確かな足跡を示す作品集。

978-4-06-290341-7　しL3

岡田 睦

明日なき身

解説＝富岡幸一郎

日本の下流老人社会の現実が垣間見える老作家の日常。生活保護と年金で暮らし、体もままならず、転居を繰り返し、食べるものにも困窮する毎日。私小説の極致。

978-4-06-290339-4　おY1

青木 淳・選

建築文学傑作選

解説＝青木 淳

文学と建築。異なるジャンルでありながら、文学を思わせる建築、そして建築を思わせる文学がある。日本を代表する建築家が選び抜いた、傑作〝建築文学〟十篇。

978-4-06-290340-0　あW1

講談社
文芸文庫
ワイド

不朽の名作を
一回り大きい
活字と判型で

小林秀雄

小林秀雄対話集

解説＝秋山 駿　年譜＝吉田凞生

坂口安吾、大岡昇平、三島由紀夫、江藤淳らと対峙した精神のドラマ。

978-4-06-295512-6　（ワ）こC1

講談社文庫　目録

秋元　康　伝　染　歌
浅田次郎　日輪の遺産
浅田次郎　勇気凜凜ルリの色
浅田次郎　勇気凜凜ルリの色 四十肩と恋愛
浅田次郎　地下鉄《メトロ》に乗って
浅田次郎　霞町物語
浅田次郎　勇気凜凜ルリの色 福音について
浅田次郎　勇気凜凜ルリの色 満天の星
浅田次郎　ひとは情熱がなければ生きていけない〈勇気凜凜ルリの色〉
浅田次郎　シェエラザード(上)(下)
浅田次郎　歩兵の本領
浅田次郎　蒼穹の昴　全4巻
浅田次郎　珍妃の井戸
浅田次郎　中原の虹(一)(二)
浅田次郎　中原の虹(三)(四)
浅田次郎　マンチュリアン・リポート
浅田次郎　天国までの百マイル
浅田次郎 原作 ながやす巧 漫画　鉄道員《ぽっぽや》/ラブ・レター
青木　玉　小石川の家

青木　玉　帰りたかった家
青木　玉　上り坂下り坂
青木　玉　底のない袋
青木　玉　記憶の中の幸田一族〈青木玉対談集〉
芦辺　拓　時の誘拐
芦辺　拓　怪人対名探偵
芦辺　拓　時の密室
芦辺　拓　探偵宣言〈森江春策の事件簿〉
浅川博忠　小説角栄学校
浅川博忠　小説池田学校
浅川博忠　「新党」盛衰記〈新自由クラブから国民新党まで〉
浅川博忠　自民党幹事長〈三百億のカネ、八百のポストを握る男〉
浅川博忠　小泉純一郎とは何者だったのか
浅川博忠　政権交代狂騒曲
荒　和雄　預金封鎖
阿部和重　アメリカの夜
阿部和重　グランド・フィナーレ
阿部和重　A B C〈阿部和重初期作品集〉
阿部和重　ミステリアスセッティング

阿部和重　IP/NN 阿部和重傑作集
阿部和重　シンセミア(上)(下)
阿部和重　ピストルズ(上)(下)
阿部和重　クエーサーと13番目の柱
阿川佐和子　あんな作家こんな作家どんな作家
阿川佐和子　恋する音楽小説
阿川佐和子　いい歳旅立ち
阿川佐和子　屋上のあるアパート
阿川佐和子　マチルダの肖像〈恋する音楽小説2〉
麻生　幾　加筆完全版 宣戦布告(上)(下)
麻生　幾　奪　還
青木奈緒　うさぎの聞き耳
青木奈緒　動くとき、動くもの
赤坂真理　ヴァイブレータ 新装版
赤尾邦和　イラク高校生からのメッセージ
浅暮三文　ダブ(エ)ストン街道
安野モヨコ　美人画報
安野モヨコ　美人画報ハイパー
安野モヨコ　美人画報ワンダー

講談社文庫　目録

講談社文庫 目録

東　浩紀　一般意志2・0〈ルソー、フロイト、グーグル〉
朝倉宏景　白球アフロ
朝倉宏景　野球部ひとり
安達　瑶　奈落の花〈堕ちたエリート〉
五木寛之　ソフィアの秋
五木寛之　狼のブルース
五木寛之　海峡物語
五木寛之　風花のひと
五木寛之　鳥の歌(上)(下)
五木寛之　燃える秋
五木寛之　真夜中の望遠鏡〈流されゆく日々'78〉
五木寛之　ナホトカ青春航路〈流されゆく日々'79〉
五木寛之　海の見える街にて〈流されゆく日々'80〉
五木寛之　改訂新版 青春の門 全六冊
五木寛之　新装決定版 青春の門 筑豊篇(上)(下)
五木寛之　旅の幻燈
五木寛之　他力
五木寛之　こころの天気図
五木寛之　新装版 恋歌

五木寛之　百寺巡礼 第一巻 奈良
五木寛之　百寺巡礼 第二巻 北陸
五木寛之　百寺巡礼 第三巻 京都I
五木寛之　百寺巡礼 第四巻 滋賀・東海
五木寛之　百寺巡礼 第五巻 関東・信州
五木寛之　百寺巡礼 第六巻 関西
五木寛之　百寺巡礼 第七巻 東北
五木寛之　百寺巡礼 第八巻 山陰・山陽
五木寛之　百寺巡礼 第九巻 京都II
五木寛之　百寺巡礼 第十巻 四国・九州
五木寛之　海外版 百寺巡礼 インド1
五木寛之　海外版 百寺巡礼 インド2
五木寛之　海外版 百寺巡礼 朝鮮半島
五木寛之　海外版 百寺巡礼 中国
五木寛之　海外版 百寺巡礼 ブータン
五木寛之　海外版 百寺巡礼 日本・アメリカ
五木寛之　青春の門 第七部 挑戦篇
五木寛之　青春の門 第八部 風雲篇
五木寛之　親鸞 青春篇(上)(下)

五木寛之　親鸞 激動篇(上)(下)
五木寛之　親鸞 完結篇(上)(下)
井上ひさし　モッキンポット師の後始末
井上ひさし　ナイン
井上ひさし　四千万歩の男 全五冊
井上ひさし　四千万歩の男 忠敬の生き方
井上ひさし　ふふふ
井上ひさし　ふふふふ
井上ひさし　黄金《きん》の騎士団(上)(下)
井上ひさし　一分ノ一(上)(中)(下)
井上ひさし 司馬遼太郎　国家・宗教・日本人
池波正太郎　私の歳月
池波正太郎　よい匂いのする一夜
池波正太郎　梅安料理ごよみ
池波正太郎　田園の微風
池波正太郎　新 私の歳月
池波正太郎　おおげさがきらい
池波正太郎　わたくしの旅
池波正太郎　わが家の夕めし

石月正広　渡世人
石月正広　笑う花《おい》魁《らん》〈結わえ師・紋重郎始末記〉
石月正広　握られ同心〈結わえ師・紋重郎始末記〉
石月正広　糸のさだめ〈結わえ師・紋重郎始末記〉
糸井重里　ほぼ日刊イトイ新聞の本
岩井志麻子　東京のオカヤマ人
岩井志麻子　私小説
乾荘次郎　妻《め》敵《がたき》討《う》ち〈鴉《からす》道場日月抄〉
乾荘次郎　夜襲〈鴉《からす》道場日月抄〉
乾荘次郎　介錯〈鴉《からす》道場日月抄〉
石田衣良　LAST［ラスト］
石田衣良　東京DOLL
石田衣良　てのひらの迷路
石田衣良　40《フォーティ》 翼ふたたび
石田衣良　sex
井上荒野　ひどい感じ―父・井上光晴
井上荒野　不恰好な朝の馬
飯田譲治　NIGHT HEAD誘発者
飯田譲治／梓河人　アナン、(上)(下)

飯田譲治／梓河人　Gift
飯田譲治／梓河人　盗作(上)(下)
飯田譲治／梓河人　黒帯
稲葉稔　武者とゆく
稲葉稔　闇夜の義賊〈武者とゆく㈡〉
稲葉稔　真夏の凶刃〈武者とゆく㈢〉
稲葉稔　月夜の始末〈武者とゆく㈣〉
稲葉稔　陽月の契り〈武者とゆく㈤〉
稲葉稔　武士の約定〈武者とゆく㈥〉
稲葉稔　夕焼け雲〈武者とゆく㈦〉
稲葉稔　百両の舞い〈武者とゆく㈧〉
稲葉稔　大江戸人情花火
稲葉稔　隠密拝命〈八丁堀手控え帖〉
稲葉稔　囮《おとり》同心〈八丁堀手控え帖〉
稲葉稔　椋鳥の影〈八丁堀手控え帖〉
稲葉稔　奉行の杞憂〈八丁堀手控え帖〉
井村仁美　アナリストの淫らな生活〈ベンチマーク〉
池内ひろ美　リストラ離婚〈妻が・夫を・捨てたわけ〉
池内ひろ美　読むだけで「いい夫婦」になる本

いしいしんじ　プラネタリウムのふたご
伊藤たかみ　アンダー・マイ・サム
池永陽　指を切る女
池永陽　雲を斬る
池永陽　緋色の空
池永陽　剣客瓦版つれづれ日誌
池永陽　風を断つ
池永陽　炎《えん》を薙《な》ぐ
井川香四郎　冬の蝶〈梟与力吟味帳〉
井川香四郎　日照り草〈梟与力吟味帳〉
井川香四郎　忍《すい》冬《かずら》〈梟与力吟味帳〉
井川香四郎　花《はな》詞《ことば》〈梟与力吟味帳〉
井川香四郎　雪の花火〈梟与力吟味帳〉
井川香四郎　鬼《き》雨《う》〈梟与力吟味帳〉
井川香四郎　科《しな》戸《と》の風〈梟与力吟味帳〉
井川香四郎　紅《くれない》の露〈梟与力吟味帳〉
井川香四郎　惻《そく》隠《いん》の灯《ひ》〈梟与力吟味帳〉
井川香四郎　三人羽織〈梟与力吟味帳〉
井川香四郎　闇夜の梅〈梟与力吟味帳〉

講談社文庫　目録

2017年3月15日現在